Sauvée par le Zandian

Renee Rose

Rebel West

Traduction par
Solveig Nurbel

Traduction par
Valentin Translation

Livre gratuit de Renee Rose

Abonnez-vous à la newsletter de Renee

Abonnez-vous à la newsletter de Renee pour recevoir livre gratuit, des scènes bonus gratuites et pour être averti·e de ses nouvelles parutions !

https://BookHip.com/QQAPBW

Prologue

Planète : Zandia

S *ia*

— Tu m'obéiras désormais.

Le guerrier zandian qui m'a évité la mort me sourit, mais il y a une lueur de domination dans son regard. J'en ai la chair de poule.

Manifestement, mon nouveau maître apprécie d'avoir le contrôle.

Je n'ai jamais été l'esclave du plaisir de quelqu'un, mais quelque chose dans son regard, ou peut-être ses larges épaules et sa teinte de peau mauve, éveille en moi un élan de désir.

Me demandera-t-il de lui donner du plaisir ?

Pour une raison qui m'échappe, je me surprends à espérer qu'il le fasse.

Mon corps désire ardemment ce puissant guerrier, comme jamais cela ne m'était arrivé auparavant. Les Ocretions, l'espèce à laquelle appartient mon ancien maître, sont des créatures flasques et répugnantes, mais ce mâle à cornes est exceptionnel tant il est aussi féroce que magnifique.

— Après tout, tu en as toi-même fait la demande, dit-il alors que ses cornes semblent s'incliner vers moi.

— C'est vrai.

Depuis que les Ocretions nous ont battues et laissées à l'abandon sur une planète déserte, mes souvenirs sont flous, mais je me souviens néanmoins de cela. Dès mon réveil, je n'avais désiré que lui. J'avais eu envie de sentir à nouveau ses bras autour de moi, ses doigts massifs sur ma peau, sa voix si grave et apaisante. Je sens mes joues se réchauffer.

— Tu m'appartiens désormais. Comme je suis ton maître, ma tâche consiste à te protéger et à t'aider à guérir. Je me dois de te garder en sécurité et de faire en sorte que tu recouvres la mémoire. Mais je dois aussi m'assurer que tu t'acclimates à Zandia et que tu acceptes ta condition ici.

Il lève un sourcil lisse, quasiment imberbe.

— Tu m'obéiras. Nous sommes des maîtres indulgents ici, sur Zandia, et nous accordons de nombreuses libertés à nos humains. Cependant, tu es en permanence sous ma responsabilité.

Au plus profond de moi, je me sens comme en suspens. Ce n'est pas de la peur, mais quelque chose de nouveau et de différent.

— Je comprends.

— Vraiment ?

Un sourire s'esquisse sur ses lèvres. C'est un sourire sinistre et pernicieux.

Mes tétons picotent. Mais que m'arrive-t-il ? Je n'ai jamais ressenti cela.

— Je serai obéissante.

— Pour sûr, répond-il.

Il ricane et une sensation oppressante se fait sentir dans ma poitrine.

— Dans le cas contraire, les maîtres zandians savent rendre les humains extrêmement dociles.

Pour une raison qui m'échappe, cela ne me semble pas être une menace. Il s'agit davantage d'un sous-entendu, ou peut-être d'une taquinerie. D'autant plus qu'il s'accorde un instant de calme et me chuchote à l'oreille :

— Tu verras.

Le frôlement de ses lèvres est électrisant. Il accapare toute mon attention désormais. J'ai l'impression d'être reliée à lui par des câbles électriques invisibles.

L'idée de me punir lui semble délectable.

Mes lèvres s'entrouvrent et l'intérieur de mes cuisses frémit.

— Que voulez-vous dire ?

Je me sens fondre. Mon corps réclame quelque chose que je n'ai jamais eu. Non seulement j'aime cette nouvelle sensation, mais j'ai aussi très envie de continuer à l'éprouver.

— Nous avons des méthodes bien à nous pour créer du lien entre l'humain et son maître, murmure-t-il. Ne t'inquiète pas, la plupart des humains apprécient les méthodes des maîtres zandians autant que nous.

D'un revers de la main, il laisse descendre une caresse le long de mon visage.

— Mais pour l'instant, voyons ce dont tu as besoin pour retrouver toutes tes forces. Attends ici.

— Non pas que j'aie le choix, dis-je dans un murmure.

Pourquoi dire cela ? Je sais pertinemment qu'il ne faut pas répondre à son maître, mais quelque chose en moi veut le pousser à bout. Je ne sais même pas pourquoi, peut-être que cela a à voir avec le sentiment que ses lèvres ont immiscé en moi. J'en veux davantage.

— La réponse adéquate, commence-t-il en saisissant fermement mon menton d'une main, est *oui, Maître*.

Je lève les yeux vers lui. Il ne me fait pas mal, mais il est ferme et force le respect.

— Dis-le, Sia. Il faut que tu obéisses immédiatement, tout comme chaque fois que je te le demanderai.

Chapitre Un

Planète : Simak 14
Une rotation plus tôt...

S *ia*

Je sens une explosion de douleur dans ma joue.

Le visage plein de verrues du garde Ocretion est déformé par la rage alors qu'il se penche.

— Esclave débile. Pourquoi ne nous as-tu pas dit que tu n'étais pas l'offrande de plaisir ? demande-t-il avec une once de panique. Maintenant, il nous manque les esclaves dont nous avons besoin. C'est de ta faute !

Son haleine fétide s'abat sur moi, semblable à des volutes provenant d'un cadavre en décomposition, comme cela va être mon cas s'il poursuit sur sa lancée.

— Je vous en prie, demandé-je d'une voix rauque alors que ma vision se trouble. Nous ne savions pas. Je suis désolée.

Il vient m'extraire du groupe pour être le porte-parole, et je me sens mal de ne pas pouvoir lui donner les réponses qu'il veut entendre.

Lorsque je l'entends grogner, ma peur grimpe en flèche. J'improvise alors :

— Je vais faire mieux !

J'ai la gorge sèche, mais je tente ma chance en espérant trouver la combinaison magique de sons et de mots qui le fera cesser de me malmener. J'avais déjà essayé de le supplier, cependant mes « *Les esclaves font ce qu'on leur dit* » et « *Vous nous avez ordonné de monter dans le cargo, alors nous l'avons fait* » n'avaient mené qu'à des coups de poing au visage et des coups de pied dans le ventre. De ce fait, il ne me restait plus que les excuses.

— Je ne peux pas vous comprendre.

Bien que ma vision s'atténue comme si je regardais dans un trou, je parviens encore à voir sa peau gris-vert envahie de furoncles. Il prend appui en arrière sur ses jambes et je gémis en me mettant en boule, mais je reçois un coup de pied à la tête.

— Je vous en prie !

Je hurle tandis qu'une douleur fulgurante s'abat dans mon crâne et se répand le long de mon cou jusqu'à l'ensemble de mes nerfs. L'implant a dû se desserrer, il est sur le point de...

Soudain, je sais quoi dire, et malgré la douleur dans ma tête, je le crie :

— Arrêtez ! Je suis une Alpha 2 ! Un sujet expérimental ! Nous sommes toutes des Alpha 2 !

L'attaque tourne court.

— Cessez ! dit le second garde d'une voix tendue.

Les bruits d'une brève échauffourée se font entendre.

— Le commandant nous fera rôtir vivants si nous abîmons l'un de ses sujets expérimentaux.

— Alpha 2 ? Qu'est-ce que c'est ?

Merci aux étoiles, il fallait juste penser à le dire. Si cela n'était pas si dangereux, je pourrais en rire. Tout cela avait jusque-là été seulement synonyme de souffrance, mais aujourd'hui, cela permet d'épargner ma vie. Aussi misérable mon existence soit-elle, je compte bien m'y accrocher.

Dans les hautes herbes jaunes de cette planète inerte et froide, des jurons et des protestations marmonnées s'élèvent dans le vent qui ne faiblit jamais. Je meurs gelée sur place tandis que les Ocretions discutent à voix basse.

— Des ennuis... Devrions-nous... nous débarrasser d'elles et dire cela... ou les amener... Une attaque ? Pour l'instant... attachez-les... enfermez-les... dans la vieille cabane.

Peu à peu, les mots perdent leur sens. Je pense que la vie commence à m'abandonner, et le souffle torturé de ma respiration gagne du terrain dans ma bouche pleine de liquide au goût de fer, jusqu'à ce que ce soit tout ce que j'entende. Mon propre souffle couvre le bruit du vent.

— Je vous en prie, dis-je dans un murmure... ou du moins, j'essaie que c'en soit un.

Les Ocretions n'en ont que faire ; ils n'éprouvent rien pour leurs esclaves humains, sauf lorsqu'ils tirent de nous un bon prix ou quand il s'agit de nous faire trimer pour les faire prospérer. Ces deux-là ne s'intéressent qu'à l'affaire qu'ils ont conclue et à la poursuite de leur carrière après avoir fait l'erreur de prendre les mauvais esclaves.

Peut-être qu'en invoquant tous les univers proches et lointains, mon appel sera entendu, ou je veux peut-être simplement vérifier que je suis toujours en vie. Alors je serre les poings et j'espère de toutes mes forces, car il n'est pas impossible que cela m'apaise.

— Douce Terre Mère, je vous implore.

* * *

Daven

Je me cache dans les hautes herbes sèches.

— Baisse-toi ! sifflé-je. À couvert. Ils regardent vers nous.

Axe, mon second, grogne, se tourne puis se baisse.

— Je croyais qu'on s'était enfui sans se faire repérer après avoir récupéré l'enregistreur, dit-il à voix si basse que je l'entends à peine.

— Je le croyais aussi, mais ils patrouillent.

Je regarde discrètement vers le campement des Ocretions.

Mes yeux parviennent déjà à se contenter de la lumière des étoiles dans la nuit d'encre de Simak 14, cette planète étrangère normalement inhabitée ; et ma lunette de vision nocturne me permet de voir encore plus nettement.

À un quart de clic de nous, plusieurs Ocretions trapus patrouillent en cercles de plus en plus larges tout en tenant des barres lumineuses ainsi que des armes. Nous sont-elles destinées ?

C'est un curieux miracle que nous soyons tombés sur leur vaisseau dès le début après les avoir vus le désocculter et atterrir. Nous n'avons pas pu résister à l'opportunité de les espionner puisque notre vaisseau est complètement occulté et capable d'atterrir sans qu'ils s'en aperçoivent. Ce n'est pas à chaque rotation de planète que nous, les Zandians, pouvons être aux premières loges pour voir ce que les Ocretions trament, et ces derniers temps, ces informations sont plus cruciales que jamais.

La simple vue de ces êtres puants et recouverts de verrues suffit à me mettre hors de moi. Les Ocretions, l'espèce la plus répandue et la plus puissante de la galaxie, ont accueilli notre prince après la prise de notre planète par les Finns. Cependant, depuis que nous l'avons reconquise et que nous nous évertuons à la repeupler, les relations se sont tendues.

Sans les lâcher du regard, je chuchote :

— Je ne sais pas pourquoi les Ocretions se réunissent ici avec des ouvriers Karrans.

Les Karrans sont de haute taille et leurs grands yeux translucides brillent comme des néons dans ma lunette de vision nocturne. Je les vois derrière les Ocretions.

— C'est étrange. D'habitude, ils ne travaillent pas ensemble.

Axe pose sa main sur son pistolet laser.

— Il faut éviter tout combat avec eux, ajoute-t-il.

— Je sais. Reste proche du sol. Je ne pense pas qu'ils nous voient.

De là où nous sommes, nous ne pouvons pas entendre ce que disent les Ocretions, mais ils ont clairement l'air tendus et à l'affût. Les Karrans, qui ne portent pas d'armes, ont l'air nerveux si j'en crois tous les mouvements de leurs longs cous.

Leur groupe est installé sur un petit campement, et derrière, se trouve leur flotte spatiale composée de quatre gros transporteurs ocretions, et deux plus petits vaisseaux karrans. Aucun d'eux n'est occulté. De toute évidence, ils ne s'attendent pas à avoir de la visite.

— Nous devons retourner à notre vaisseau. Tirons-nous d'ici et retournons sur Zandia.

À environ un quart de mile de là se trouve une cabane délabrée. Elle est isolée dans cette vaste étendue de broussailles et d'herbes desséchées.

Je fais un signe de tête en direction de la cabane au loin.

— Ça nous fait faire un détour par rapport à notre vaisseau, mais si nous nous cachons là-bas pendant un moment, nous serons sûrs de ne pas être suivis.

— D'accord, acquiesce Axe. Prêt ?

— C'est parti.

Nous nous levons et courons vers le bâtiment tandis que mes poumons s'embrasent dans cette atmosphère plus fine.

Fort heureusement, aucun tir ne s'abat sur nous et en l'espace de quelques secondes nous nous trouvons derrière le bâtiment. Nous regardons autour de nous, le souffle court et les pistolets prêts à tirer. Par précaution, nous surveillons les alentours.

Je me force à apaiser ma respiration pour pouvoir entendre.

Je ne perçois rien d'autre que le faible mugissement du vent qui agite l'herbe en permanence. Même si son atmosphère semble plutôt propice à la vie, cette planète paraît totalement inhabitée. Exception faite des Ocretions qui ont failli nous surprendre en train d'espionner leur campement en les filmant de loin.

— Cette planète devrait être vierge, observe Axe. Personne ne devrait y habiter. Il y a eu un traité intergalactique.

Je laisse entendre un petit rire moqueur.

— Aucun être ne respecte ces traités. Et puis, une planète abandonnée se prête parfaitement à ce que les Ocretions y installent une base de stockage secrète pour alimenter leurs affaires frauduleuses.

— Le problème est bien là, poursuit Axe prudemment.

S'il s'agit d'un endroit où ils font halte pour leurs affaires, cet endroit est très mal choisi. Il n'y a que cette petite cabane ? Et clairement pas la plus récente possible ! Ils ne l'ont pas construite, c'est un vestige d'une époque lointaine.

— Peut-être que l'enregistrement holographique que nous avons d'eux nous en apprendra davantage.

Je touche la sacoche.

— Nous l'analyserons quand nous serons de retour sur Zandia. On a dû enregistrer plus que ce qu'on a réussi à entendre.

— Espérons qu'il s'agisse d'informations utiles, ajoute Axe à voix basse.

— À mon signal, on court vers notre vaisseau.

Il acquiesce.

— Un, deux...

Soudain, un bruit à l'intérieur de la cabane m'arrête subitement. Nous nous redressons immédiatement en restant sur nos gardes.

— Qu'est-ce que c'était que ça ? demande Axe.

— À l'aide, je vous en prie, dit quelqu'un en ocretion d'une voix affaiblie.

Il me semble que c'est une femme assez jeune.

— S'il vous plaît. Aidez-moi.

Axe fronce les sourcils et me regarde.

— Nous ne pouvons pas lui venir en aide. Si nous le faisons, les Ocretions sauront que quelqu'un est venu ici et cela les rendra méfiants. Il faut rester concentrés sur notre mission.

La voix, rauque et désespérée, se fait entendre de nouveau.

— Je suis à l'agonie. S'il vous plaît. Je ne comprends pas ce que vous dites, mais j'ai entendu le mot *Zandia*. Êtes-vous des Zandians ? Aidez-moi, je vous en supplie.

— On dirait une voix humaine.

Axe et moi nous regardons, et il fronce les sourcils. Il n'aime pas les humains.

— Bordix, murmure-t-il.

Je me pince les lèvres.

— Changement de plan. On la prend avec nous, peu importe son espèce. Si elle a été en contact avec les Ocretions, elle pourrait avoir des informations de la plus haute importance à nous communiquer.

Axe fronce encore davantage les sourcils en prenant en compte mon point de vue.

— C'est vrai.

— Si nous la laissons, elle pourrait faire échouer notre mission rien qu'en nous évoquant. Si elle reste en vie et dit aux Ocretions qu'elle a entendu des Zandians parler à l'extérieur de la cabane, ils pourraient tout déménager, et ce que nous avons appris ici ne servira à rien. Tu sais qu'ils sont méfiants. En plus, les relations sont si tendues que nous ne pouvons pas prendre le risque d'empirer les choses en les espionnant.

— Quel bordix, grogne Axe. Ça ne devait pas se passer comme ça.

— Maître Seke ne nous a même pas donné l'autorisation d'atterrir ici, dis-je avec ironie en mentionnant notre commandant et maître d'armes. Il a dit que c'était trop dangereux. Peut-être que cette humaine nous donnera assez d'informations, en plus de celles enregistrées ; et ainsi, on n'aura pas fait tout ça pour rien.

La réaction de Maître Seke ne m'inquiète pas tellement. Après tout, il a confiance en nous, et il nous faut à tout prix découvrir ce que les Ocretions préparent. Les êtres humains de notre planète sont en danger.

J'appuie ma main sur la porte de la cabane et constate

qu'elle s'ouvre facilement, il n'y a pas de serrure. Nous vérifions qu'elle n'est pas piégée, mais rien ne nous interpelle. J'aperçois seulement une silhouette fluette, au souffle laborieux, allongée dans un coin. Même dans la faible lumière, je constate que j'avais raison : c'est une humaine.

Elle est pleine de saleté, son fin caftan est déchiré et taché, révélant son corps souple ligoté si fermement qu'elle parvient à peine à respirer. La peau autour de ses lèvres est sévèrement abîmée. Elle a une énorme ecchymose et du sang séché sur son front et le haut de son crâne... A-t-elle été frappée ? Lui a-t-on donné un coup de pied au visage ? Cette femme n'a pas l'air en bon état. J'essaie d'évaluer la gravité de ses blessures en faisant abstraction de la réaction de mon corps face à elle. Sous la saleté et les marques de sévices, je vois très clairement qu'elle est belle. Magnifique, pour dire vrai.

— Il me faut... du liquide.

Ses paupières papillonnent.

Je me penche et m'approche de son visage.

— On va t'aider, lui dis-je en Ocretion.

— S'il vous plaît.

Elle ne semble pas comprendre, même si je parle sa langue. Les Ocretions ont fait des humains leurs esclaves depuis plus de deux mille ans.

Les relations entre Zandia et Ocretia se sont tendues lorsque nous avons appris que l'espèce avec laquelle nous sommes le plus compatibles pour nous reproduire est l'espèce humaine. À première vue, cela ne pose pas problème. Ils ont des esclaves en leur possession et nous les achetons pour nous reproduire.

Cependant, cela ne s'est pas passé comme ça. Notre prince, qui est aujourd'hui notre roi, est tombé amoureux de son humaine reproductrice. En réalité, tous les Zandians qui ont pris une humaine destinée à la reproduction en sont tombés amoureux. Leur espèce change quelque chose chez nous. Ils tissent des liens solides avec nous, et notre besoin de prendre soin d'eux et de les protéger fait naître des émotions que les guerriers zandians n'avaient pas l'habitude de ressentir jusqu'alors.

Ainsi, nous avons commencé à en avoir assez des Ocretions et de leurs lois galactiques interdisant la liberté aux humains. Les relations entre nos deux espèces se tendent à mesure que la rumeur circule dans la galaxie que nous laissons aux humaines de nombreuses libertés sur notre planète.

— Qui es-tu ? Pourquoi t'ont-ils laissée ici comme ça ?

Je touche sa joue. Je suis furieux qu'un être puisse laisser une humaine dans un tel état. C'est d'une cruauté inouïe.

Elle cligne des yeux, mais ne parle pas. Son regard me semble sauvage.

Il y a une puanteur à l'intérieur qui ne peut pas lui être seulement attribuée. Je regarde à nouveau autour de moi, mais il n'y a rien d'autre dans cette petite pièce.

— Nous allons bientôt t'apporter du liquide. Accorde-moi un instant.

Quelque chose semblable à la panique m'envahit. Bordix, pourquoi n'ai-je rien pour l'aider immédiatement ?

— Ils ont dit qu'ils allaient peut-être nous tuer...

Elle cligne des yeux et grimace, puis penche la tête comme si elle n'arrivait pas à se concentrer sur ses propres pensées. Peut-être qu'elle n'y parvient pas tant elle a été maltraitée.

— Nous toutes..., laisse-t-elle traîner d'une voix confuse. Elle faiblit.

— Nous ? demandé-je en plissant les yeux.

Elle est seule.

Elle manque de souffle et tremble.

Je regarde de plus près son visage et son corps délicat. Elle a de longs et épais cheveux noirs ondulés et la peau métisse. En bonne santé, elle doit pouvoir être vendue à un bon prix aux enchères. Les Ocretions ne traitent pas bien les humains, mais le cas de cette humaine dépasse ce à quoi leur cupidité nous a habitués : ils aiment que leurs esclaves de choix soient en pleine santé pour les vendre aux meilleurs prix.

— Il se peut que nous n'y arrivions pas.

Ses yeux se ferment et ne s'ouvrent plus.

— Pourquoi l'ont-ils laissée ici comme ça ? fulminé-je.

J'ai envie de cogner ses anciens maîtres.

Axe hausse les épaules.

— Je ne comprends pas non plus. Mais elle nous appartient désormais.

Sa voix ne laisse pas paraître l'enthousiasme que devrait éprouver un Zandian à l'idée d'avoir trouvé une femelle humaine. Cependant, il était à mes côtés lorsque nous avons été trahis par l'une d'entre elles.

J'ai du mal à retenir un grognement dans ma gorge. *C'est la mienne, pas la nôtre.*

Mais ce n'est pas ainsi que les choses fonctionnent sur Zandia. Il reste si peu de femelles zandiannes que notre espèce a exploité la compatibilité des femelles humaines avec nos mâles pour repeupler notre planète. De nombreux Zandians se sont accouplés à la même femelle. Deux, trois, voire quatre mâles pour une femelle humaine est assez ordinaire. Mais pour une raison inexplicable, je veux cette femme. Et je la veux pour moi tout seul.

— Elle peut être saillie par des Zandians, il n'y a aucun

doute. Mais ce n'était vraiment pas le moment de tomber sur une femme et de la voler.

— *La sauver*, rectifié-je.

Et elle vaut clairement la peine d'être sauvée.

Je renifle à nouveau ; cet air fétide n'aide sûrement pas l'humaine à respirer.

— Sortons d'ici.

Je jette un coup d'œil à l'humaine. Elle respire encore, mais à peine. Elle a les cheveux raides et gras, son corps est meurtri, et je ressens ce besoin nouveau et urgent de la protéger. Je dois la sauver.

— Vite.

Mais au moment où je fais un pas en avant, quelque chose craque sous mon pied. Je regarde vers le bas et j'aperçois une démarcation.

— Il y a une trappe dans le sol, juste ici, chuchoté-je à Axe en la lui montrant.

Il grogne.

— Ça ne présage rien de bon, mais le pire serait de la laisser inexplorée.

Il acquiesce. Je lui fais signe, puis il soulève lentement la trappe, et je pointe mon pistolet laser vers le bas en regardant dans la cavité. Je tente de l'éclairer avec la plus faible intensité de mon bâton lumineux pour y voir plus clair.

— C'est comme un espace vide creusé dans la roche et la terre. Et est-ce... ?

— *Par toutes les étoiles*, qu'est-ce que c'est ?

Axe déglutit devant l'odeur qui s'échappe de la trappe. C'est l'odeur de la mort. Mon humaine tousse et gémit.

La cavité poussiéreuse sous la cabane est peu profonde et remplie de corps de femmes ligotées. Elles sont au moins cinq ou six, et il n'y a plus de place.

Nous descendons tous les deux à l'intérieur sans

attendre. Il n'y a pas d'échelle, mais ce n'est pas nécessaire dans un si petit espace. Je reconnais la silhouette svelte d'une Za'ir, très prisée aux enchères, et tente de trouver son pouls.

— Elle est morte.

Je cherche le pouls d'une autre Za'ir plus petite.

— Morte aussi. Ils laissent mourir leurs esclaves.

Mon sang bouillonne tandis que j'augmente la luminosité.

— Celle-ci est en vie, dit Axe en soulevant une humaine. Fais-la sortir d'ici.

Je remonte et me penche pour saisir le petit corps qu'il me tend.

Je suis excessivement soulagée qu'il y ait une deuxième humaine car je n'aurai donc pas à partager la mienne avec Axe, bien qu'il ne me l'ait même pas demandé. Il n'a même jamais montré d'envie d'en prendre une pour lui, car il n'apprécie pas les humaines pour une raison qu'il n'a jamais évoquée.

Je l'observe en la prenant dans mes bras. Elle ne suscite pas de possessivité chez moi comme la première. Je ne ressens pas ce sentiment qui implique un avenir partagé.

Les Zandians ne croient pas au destin. Avant de commencer à nous accoupler avec des humaines, nous ne parlions pas beaucoup d'amour. Mon attirance pour la première esclave doit relever d'une question de chimie. Nos gènes doivent être les plus compatibles pour la reproduction.

Je ne vois pas d'autre explication.

Je dépose soigneusement la deuxième esclave au sol. Lorsque je me retourne, Axe a hissé deux autres humaines et les détache pour qu'elles puissent marcher.

— Toutes les Za'ir sont mortes. Ces humaines ont besoin de liquide immédiatement.

Aucune des autres femelles n'a reçu des coups comme mon humaine. Oui, j'ai déjà décrété qu'elle était à moi et à moi seul, malgré son état.

J'aide les femelles affaiblies en leur frottant doucement les poignets pour faciliter la circulation du sang.

— Qui êtes-vous ? demandé-je. Que s'est-il passé ?

Elles sont abasourdies, les yeux écarquillés, en état de choc. Aucune d'entre elles ne semble capable de parler, elles tiennent à peine debout. Je renonce à leur parler, le temps commence à manquer de toute façon. Nous recueillerons les informations plus tard.

Une fois tous dehors, je jure à nouveau :

— Bordix, quelle bande de monstres !

Je regarde fixement *ma* femelle. Elle est ravissante. Sa silhouette trop fluette est néanmoins adoucie par des seins ronds et des mamelons bruns qui ne demandent qu'à être sucés. Je la soulève, elle est si légère dans mes bras que j'ai l'impression de ne rien porter.

— Partons d'ici, ordonné-je.

Je devrais la jeter sur mon épaule et en prendre une deuxième de l'autre côté, mais je ne veux pas la tenir autrement que de cette façon. Elle est trop délicate, ou peut-être que je ne peux pas détourner mon regard de ces jolis yeux sombres. Je n'ai rien à gagner en la réclamant, mais j'en ai envie. Bordix, j'en ai envie. Elle m'attire, elle m'hypnotise.

Axe prend la deuxième femme. Elle a le crâne rasé et arbore des tatouages punitifs sur une épaule et le long du bras.

Les trois autres semblent capables de se déplacer après qu'il leur ait expliqué à voix basse et montré notre destination du doigt, en plus d'un coup de pouce pour qu'elles se mettent à marcher. Nous sortons de la cabane en rangs serrés, et Axe referme la porte derrière nous pour la laisser dans l'état où nous l'avons trouvée. Nous commençons à progresser vers la navette, mais nous allons trop lentement. Finalement, Axe saisit deux femelles dans ses bras et les emmène jusqu'au vaisseau, puis revient chercher l'autre, tandis que je transporte uniquement mon humaine blessée en faisant attention de ne pas l'abîmer davantage avant qu'il ne soit trop tard pour la sauver.

Elle soupire et se blottit contre moi pendant que nous avançons, et cela réveille quelque chose dans ma poitrine, mais je n'ai pas le temps d'y penser.

— Karl, mets-nous en mode furtif, aboyé-je au guerrier que j'ai laissé protéger le vaisseau quelques secondes avant d'y arriver.

Axe retrousse une lèvre avec dédain tandis qu'il porte un tube de fluide aux lèvres d'une des humaines. Je fais de même pour ma femelle, puis j'apporte des tubes de fluide aux trois autres. Pendant ce temps, Axe vérifie les constantes vitales de ma femelle.

— Elle est mal en point, murmure-t-il. Elle pourrait ne pas s'en sortir.

Mes tripes se serrent. Il y a peu de temps que je l'ai vue pour la première fois, mais quelque chose chez elle suscite en moi l'envie de la protéger.

— Fais tout ce que tu peux, Axe. Nous devons la sauver... les sauver.

Je vais chercher des couvertures pour les femelles et les passe autour de leurs épaules. Elles restent assises toutes tremblantes en silence.

— Nous allons vous sortir de là, leur dis-je sans savoir si elles me comprennent. Vous êtes en sécurité ici. Nous avons un médecin qui vous soignera.

Karl démarre les moteurs en silence et notre merveille de technologie quitte le sol et s'élève. Les vaisseaux Ocretions stationnés près du camp ne bougent absolument pas. Notre occultation est plus efficace que leur surveillance. Ils sont les deuxièmes plus à la pointe de la galaxie, et nous sommes les premiers. Notre planète est petite, mais regorge de cerveaux brillants.

Alors que nous passons en hyperpropulsion, je contourne les astéroïdes puis enclenche le pilote automatique. Je me penche ensuite pour examiner nos nouvelles prises. Je ne me concentre que sur celle que j'ai sauvée en la portant dans mes bras.

La petite humaine aux longs cils et aux beaux yeux sombres.

Elle est à moi maintenant, pour le meilleur et pour le pire.

Chapitre Deux

Dans le cosmos

S*ia*

Malgré la douleur, je sens un mouvement au-dessus de moi.

Instinctivement, je me replie sur moi-même.

— Non, dis-je dans un gémissement. Arrêtez de me faire du mal.

Mes membres tremblent sous l'effet de la terreur. Les Ocretions sont de retour, et cette fois, je ne sais pas ce qui va se passer. Je ne sais trop comment je nous ai sauvées... Qu'ai-je dit ? Les pensées se bousculent à l'intérieur de mon crâne tels des grêlons au cœur d'une tempête, puis elles finissent par se désagréger. Je ne me souviens de rien.

— Aucun être ne te fera de mal. Tu es en sécurité maintenant.

Cette voix grave et profonde m'envahit. Elle m'est

agréable à entendre comparée aux grognements des Ocre-tions. J'ai un tube de liquide entre les lèvres et l'aspire goulûment même si ma bouche est en feu et que ma peau à vif me brûle.

— Nous t'avons sauvée. Tu es à bord de notre vaisseau. Nous allons t'aider.

Je n'arrive pas à ouvrir les yeux. Je me surprends à sentir mes mains détachées et les lève pour me frotter les paupières.

— Non, ne fais pas ça. Tu as des pansements. Ta cornée était sèche et irritée, et nous t'avons donc appliqué une pommade cicatrisante.

— Je vous en prie. Enlevez-les, imploré-je alors que la terreur me submerge.

— Tu dois pouvoir les retirer, me dit le mâle qui semble parler avec un autre. Cette pommade agit rapidement.

— Si elle nous voit, elle se calmera peut-être, accorde le second mâle.

Calmement, quelqu'un retire quelque chose de ma tête.

— Tout doucement, me dit une voix.

Je cligne des yeux. Tout ce que je vois est flou.

— Laisse-moi faire, dit-il en m'essuyant les yeux avec un linge doux. Essaie encore.

Je cligne des yeux et vois qu'il s'empresse de m'observer attentivement. Il est très grand et a de larges épaules. Sa peau est violette et des cornes surplombent son crâne lisse. C'est la même voix que j'ai entendue auparavant, mais j'étais incapable de me concentrer lorsque j'étais dans la cabane. Je constate maintenant que c'est un guerrier zandian. Son visage est partagé entre un aspect parfois anguleux et parfois lisse. Je ne saurais dire pourquoi, mais je le trouve beau, bien que cela ne fasse aucune différence pour l'instant.

— Je m'appelle Daven.

Le beau mâle m'observe puis fait un geste vers un autre Zandian qui est un peu plus petit et trapu.

— Voici Axe. Nous vous avons sauvées, toi et d'autres femelles, dans une vieille cabane située sur une planète isolée.

Merci aux étoiles. Je tousse et sens que l'ensemble de mon corps me fait souffrir. J'ai du mal à distinguer l'endroit où je me trouve. Je suis enfin allongée sur quelque chose de doux, et des lumières vives éclairent tout autour de nous.

— Vous m'avez sauvée ? demandé-je en levant les yeux vers lui. Vous nous avez sauvées ?

Mes yeux se remplissent de larmes.

— Oui, toutes les humaines étaient encore en vie. Tu restes avec moi désormais. Je te jure qu'aucun être ne te fera de mal.

Il grogne puis touche mon bras. Il retire sa main comme s'il ne devait pas me toucher, mais cela ne me dérange pas. Sa main est chaude et j'ai envie qu'il me touche. J'ai par-dessus tout envie qu'il me prenne dans ses bras, même si cette idée est assez curieuse. Je n'ai jamais eu envie qu'une autre espèce ne me touche, surtout pas un mâle.

Le second Zandian fronce les sourcils.

— Sois prudent. On ne peut pas leur faire confiance.

— Elle est blessée, grogne Daven.

— Tu fais trop confiance aux humaines. Rappelle-toi ce qui s'est passé la dernière fois que tu en as choisi une, rappelle-t-il à Daven tout en m'adressant un regard froid avant de détourner les yeux.

Pour une raison qui m'échappe, je déteste l'idée que Daven ait eu une femme.

Ce dernier fronce les sourcils, mais ne répond pas. Il se retourne vers moi.

Je repends mon souffle. J'ai mal partout et je gémis.

— Qu'est-ce qui t'est arrivé ?

Daven se penche, touche mon visage, puis retire sa main alors que je dévoile une grimace.

— Pourquoi étais-tu attachée là-bas ?

— Ils voulaient nous vendre, me souviens-je à voix haute. Mais ils ont découvert que nous n'étions pas des esclaves de plaisir, alors ils m'ont battue. Ils cherchaient à comprendre comment cette erreur s'était produite. Je crois qu'ils allaient me tuer. Mais ensuite, je leur ai dit que je suis...

Je laisse ma phrase en suspens.

— Je sais à propos de...

Un bourdonnement accompagné d'une douleur ignoble se font sentir dans ma tête.

Cette fois, les souvenirs sont bien là, mais je ne peux pas leur en faire part. On me l'a rabâché depuis que je suis devenue un sujet expérimental : ceux qui divulguent quelque chose en rapport avec l'Alpha 2 ne trouvent que la mort. Je l'ai vu de mes propres yeux.

— À propos de quoi ? me presse le Zandian le plus proche. Tu sais quoi ?

Les deux mâles s'échangent un regard puis se concentrent sur moi.

— C'est important.

— À propos de l'Al...

Je veux leur dire, mais mon corps tout entier se rebelle. Le souvenir des punitions et des tests me revient en mémoire. Je me souviens de mon travail et des objectifs qui animaient les Ocretions, je me souviens de mes amies, de notre retour sur la planète en étant toujours esclaves et soumises au labeur quotidien.

— Les autres esclaves.

Je balbutie ces quelques mots car les Zandians me regardent et qu'il faut que je dise quelque chose.

— Les autres esclaves ?

Daven fronce les sourcils.

— Qu'y a-t-il à savoir à leur sujet ? Dis-le-nous.

Sa voix est autoritaire, mais elle ne m'effraie pas. Il n'a pas l'air cruel, mais c'est un être qui est plutôt habitué à donner des directives.

Je commence à avoir mal à la tête et des images défilent à toute vitesse dans mon esprit. Les pensées m'abandonnent de nouveau.

— Je n'arrive pas à penser.

Le sol se dérobe, et je tombe sur le côté... ou alors des choses se mettent à rouler à l'intérieur de mon crâne. C'est ça, n'est-ce pas ? Y a-t-il quelque chose à l'intérieur de mon crâne ? Une pensée émerge, mais je n'arrive pas à la suivre.

— Mon cerveau est mal en point.

J'essaie de reprendre le contrôle, car plus je poursuis cette pensée, plus mon corps réagit avec effroi.

— Quel bordix, elle doit avoir un traumatisme crânien ! Nous devons la stabiliser pour que le docteur Daneth puisse la soigner.

Les sons et les images s'entremêlent dans une combinaison de sensation. Je perds mon souffle alors que je tombe dans le vide.

— À l'aide ! crié-je. Je tombe !

— Elle délire. Il vaut mieux l'endormir jusqu'à ce qu'on arrive.

Je sens la piqûre d'une aiguille dans mon bras et puis... plus rien.

* * *

Planète : Zandia
  Daven

Je ne voulais pas laisser seule ma petite humaine, même avec le docteur Daneth, le meilleur scientifique de la galaxie. Mais, j'ai bien évidemment été obligé de le faire.

Nous sommes maintenant dans la salle de crise avec le roi et ses conseillers pour leur faire notre rapport. Une immense table ovale lévite au centre de la pièce, et les conseillers du roi sont assis autour. Axe et moi nous levons pour faire notre rapport.

— Repassez-le-nous encore une fois, me dit Seke, notre maître d'armes et mon commandant, tout en se penchant en avant.

— Bien sûr.

Je touche le lecteur holographique et jette un coup d'œil aux Zandians assis autour de cette table : Maître Seke, mon second, Axe, et nul autre que le roi Zander en personne. Le visage du roi semble préoccupé. Les rumeurs concernant une nouvelle attaque plus conséquente des Ocretions n'ont fait que s'intensifier.

L'appareil projette des silhouettes granuleuses en mouvement. Il s'agit de l'enregistrement que j'ai fait des Ocretions et des Karrans sur la planète abandonnée où nous avons trouvé les humaines.

— *Il va falloir... commence la bande-son avant de se couper. Au moins 1 000 hectos linéaires de l'enceinte.*

Le commandant ocretion croise ses bras trapus et regarde le Karran assis à côté de lui.

— *Si tout se passe bien, nous aurons peut-être une autre tâche plus lucrative à vous confier.*

— *Et ce n'est qu'un début. Nous voudrons aussi que vous dirigiez une...*

La qualité du son se dégrade nettement.

— Pardonnez-moi, mon seigneur.

Je tente de modifier les réglages pour obtenir une meilleure qualité de son.

— J'ai beau améliorer le son, je n'arrive pas à comprendre ce qu'il a dit.

Le roi lève un doigt. L'hologramme se poursuit :

— *Et pour ce qui est du prix ? demande le Karran en regardant son interlocuteur. Vous êtes d'accord ?*

— *Ce n'est pas un problème.*

L'Ocretion fait un geste de la main.

— *Mais nous livrerons les esclaves de plaisir une autre fois. Le lot que nous avons apporté était...*

Il fronce le nez.

— *D'une qualité inférieure à ce que nous vendons d'ordinaire.*

J'éprouve une certaine satisfaction en entendant que cela correspond à ce que la petite humaine m'a dit. Il y a eu confusion entre les esclaves, ainsi, elle et ses amies ont été abandonnées jusqu'à en mourir.

— *C'est fâcheux. Nous attendions avec impatience la meilleure qualité de plaisir de la galaxie.*

Le Karran affiche une mine renfrognée.

— *Le mauvais lot a été chargé dans le cargo. Ce sont des ouvrières, rien à voir avec ce que vous cherchez. Elles vous auraient dérangé plus qu'autre chose. Nous vous livrerons deux lots où vous voulez la prochaine fois.*

Les Karrans se regardent et acquiescent.

— *C'est une offre acceptable.*

— *Nous avons besoin des matériaux dès que possible.*

L'Ocretion fronce les sourcils.

— Pour un tel prix, vous aurez assez pour..., commence le Karran en haussant les sourcils, manifestement curieux.

— Ce ne sont pas vos affaires, répond sèchement l'Ocre-tion d'une manière menaçante. Nous vous payons pour que vous nous fournissiez, pas pour faire des suppositions ou pour discuter.

Il pose une main sur son arme.

— Vous ne faites pas partie de nos cibles à abattre... tant que nos relations commerciales restent intactes.

Il hausse un sourcil.

— Et secrètes, ajoute-t-il.

— C'est compris, dit le Karran en levant ses deux bras ondulés. Nous garderons un silence absolu.

— Bien.

L'hologramme prend fin, et nous restons assis en silence pendant une seconde ou deux.

Je touche l'appareil.

— Ils ne disent pas quel composé ils veulent. Il pourrait s'agir d'un produit nécessaire à la fabrication d'une nouvelle arme ou d'une arme militaire chimique.

Le roi acquiesce.

— S'il ne s'agit pas d'une offensive, ils cherchent peut-être à accumuler une grande quantité d'armes afin de pouvoir envahir et soumettre une planète entière.

Maître Seke fronce les sourcils.

— C'est ce qu'ils appellent une *prise de contrôle bénéfique*. S'ils viennent ici, sur Zandia, ils voudront certainement prendre le contrôle et nous enlever nos humaines.

Nous restons silencieux un moment, les visages sombres.

— Ils se sont beaucoup plaints ces derniers temps que nous ayons compromis leurs bénéfices en acceptant les humaines sur Zandia et en leur offrant un endroit sûr. Ils disent que cela crée des tensions dans la galaxie et leur pose problème. Je pense qu'ils sont en train de préparer quelque chose qui concerne notre planète, dit Erick, l'un des conseillers.

— Nous avons besoin de plus de détails sur ce qu'ils sont en train de préparer, déclare le roi d'une voix tendue. Que savons-nous des Karrans ? Que peuvent-ils fournir aux Ocretions ?

— Je n'en sais rien. Nos meilleurs éclaireurs sont sur le coup, répond Seke.

— Je suppose qu'il s'agit d'un explosif ou d'un agent chimique en suspension dans l'air, dis-je. Et ce qui est encore plus inquiétant, c'est cette technologie qu'ils veulent développer. Ce doit être une sorte de vecteur à longue portée...

Je secoue la tête.

— Nous n'en savons rien. Et c'est là notre faiblesse, ajouté-je.

Axe s'éclaircit la gorge.

— Pouvons-nous éliminer les Karrans ou nuire à leurs échanges commerciaux ?

— Voyez ce que vous pouvez faire. Mais à ce stade, le mieux est encore de chercher à en savoir plus, voire découvrir ce qu'ils trament exactement, afin de pouvoir les contrer avec nos propres systèmes et nos armes.

Le roi se lève.

— C'est crucial pour l'avenir de Zandia. Nous devons nous préparer à les affronter.

Il regarde son équipe.

— Qu'en est-il des humaines qui ont été sauvées ? Ont-elles des informations ?

Il touche son unité de communication et l'hologramme du docteur Daneth apparaît.

Il s'incline.

— Mon seigneur.

Il fait un signe de tête aux autres personnes présentes.

— Les humaines ont-elles des informations sur ce que préparent les Ocretions ?

Le docteur pince les lèvres.

— Celles qui sont les moins touchées se remettent à peine de leur état de choc, mais n'ont encore rien dit d'utile. Elles ne savent rien, ou du moins cela reste anecdotique en ce qui concerne leurs projets militaires. Le détecteur indique qu'elles sont sincères à quatre-vingt-cinq pour cent environ. Je pense qu'il serait bénéfique d'assigner des maîtres à chacune d'elles pour les aider à mettre de l'ordre dans leurs souvenirs... et ainsi distiller la vérité de ce qu'elles savent.

Le roi réfléchit.

Le docteur Daneth ajoute :

— On nous dit que Sia, celle qui est la plus gravement blessée, est une sorte d'ouvrière en technologie. C'est elle qui aura les meilleures informations. Elle semble être leur cheffe.

— Et comment va Sia ? demandé-je la gorge serrée.

Ma voix est serrée. Je pense à la délicate humaine que je tenais dans mes bras, celle que je n'arrive pas à chasser de mon esprit, même lorsque nous discutons d'opérations militaires. Si des maîtres sont assignés aux femelles, je dois être le sien.

Je veux la maîtriser sur tous les plans, et qu'elle apprenne à faire ce que je lui demande, à m'obéir. Je veux récompenser sa soumission et lui montrer mon plaisir à travers des punitions et des éloges. C'est ainsi que les Zandians accueillent les humaines sur notre planète. Nous tissons des liens avec elles par la domination sexuelle.

Le médecin touche son bracelet et lève les yeux.

— Elle est stable. Elle était sévèrement déshydratée et ses électrolytes étaient anormaux. Si vous ne l'aviez pas secourue, elle serait sûrement morte. Ce qui est étrange, c'est que...

sa voix s'atténue.

— Oui ?

Je me penche en avant pour qu'il se dépêche de terminer.

— Il y a deux choses, en fait. La blessure qu'elle a à la tête semblait affreuse, mais il s'agit davantage d'ecchymoses et de sang séché qu'autre chose. Ses yeux et les bleus sur son corps sont guéris, tout comme sa côte cassée. Mais elle a de récentes cicatrices sur le crâne qui indiqueraient une opération du cerveau ayant eu lieu il y a peu de temps. Et c'est aussi le cas des autres humaines que vous avez amenées.

— Poursuivez, exige le roi d'une voix qui ne laisse rien transparaitre. Avez-vous trouvé des preuves de modifications dans leurs cerveaux ?

— Mes examens au scanner ne révèlent rien d'étranger à l'intérieur de leurs crânes. Il n'y a pas de puces, de plaques ou d'améliorations, ni aucun transpondeur. Mais les cicatrices correspondent sur chacune d'entre elles, et c'est assez troublant. Les Ocretions ont fait quelque chose, ou au moins ont essayé.

— Quand elles seront capables de communiquer, elles nous le diront sûrement.

À côté de moi, je sens Axe bouger vaguement et j'entends son rire moqueur quasiment inaudible.

— Elles feront de leur mieux pour nous aider.

J'essaie peut-être de me convaincre moi-même. Mais quand je pense à mon humaine, j'ai déjà envie de la protéger. Je ne ressentirais sûrement pas cela pour une créature nuisible à notre planète, non ?

Le docteur regarde le roi, puis moi.

— Je l'espère. Mais à mon avis, Sia cache quelque chose. De plus, sa blessure à la tête n'aurait pas dû provoquer une telle agitation et une perte de mémoire aussi conséquente. Elle est également très anxieuse. Pour le moment, elle n'est même pas capable de converser sans être prise d'une crise de panique. Je pense qu'elle a peur de parler sans retenue.

— Comment devons-nous la traiter ?

Si elle devient mienne, je dois savoir comment l'aider.

Le docteur Daneth tapote à nouveau sur sa tablette, observe quelques indicateurs, puis relève la tête.

— Ses constantes vitales sont meilleures. Je suggère que nous fassions de notre mieux pour la mettre à l'aise et l'aider à se sentir en sécurité, et à mesure qu'elle recouvrera la santé, elle sera certainement en mesure de nous en dire plus. Notamment sur ce qu'elle pense devoir nous cacher.

Il me regarde.

— Daven.

— Oui ?

Mon cœur bat la chamade en pensant à la petite humaine si fragile. Même après avoir été battue, elle est charmante. Je souffre de savoir qu'elle aurait pu ne pas s'en sortir.

— Elle t'a demandé.

Car elle est à moi. Je comprends à peine l'émotion qui m'envahit. J'ai envie d'elle, envie qu'elle soit à moi.

Mais Axe a raison, je dois rester prudent. J'ai déjà sauvé une humaine par le passé et j'ai voulu en faire ma compagne, mais elle nous a trahis dès qu'elle l'a pu.

Je me tiens bien droit.

— M'a-t-elle appelé par mon nom ?

— Non.

J'ignore le sentiment de déception qui me transperce.

— Elle bafouillait, puis elle a mentionné…

Il prend le temps de s'éclaircir la gorge.

— *Le beau qui m'a portée.* Selon le rapport, il semble évident qu'il s'agit de toi.

Mes cornes s'épaississent.

L'humaine me trouve beau.

Des gloussements discrets se font entendre autour de la table.

Le roi fronce les sourcils et tout le monde se tait.

Le docteur Daneth poursuit :

— Je pense qu'elle a déjà un peu commencé à créer des liens suite au sauvetage.

Il jette un coup d'œil au roi Zander.

— Je recommande qu'elle soit placée sous la garde de Daven pour être interrogée et intégrée.

— Daven, dit le roi Zander en me regardant. Si elle se souvient de toi, c'est un début. Pour l'instant, tu seras son maître et son protecteur sur Zandia, le temps qu'elle guérisse. Lie-la à toi. Passe du temps avec elle, parle-lui. Fais tout ce qui est en ton pouvoir pour obtenir d'elle des informations, même minimes. Tu as carte blanche. La moindre information peut être déterminante. Nous savons qu'elle doit avoir quelque chose dans la tête qui peut nous aider. Si elle ne t'accepte pas, nous lui trouverons un autre mâle. Mais fais de ton mieux.

Je m'incline tout en me félicitant intérieurement de recevoir cette mission.

— Oui, mon seigneur.

— Et tu as fait du bon travail en enregistrant cet hologramme. Au moins, nous savons qu'ils préparent pour bientôt quelque chose d'important, et de potentiellement destructeur.

— Merci, mon seigneur. Nous continuerons à faire tout ce qui est en notre pouvoir pour en savoir plus. Les conversations intergalactiques passent par nos écrans de contrôle, nous effectuons des missions de reconnaissance et nous cherchons à créer des alliances avec tous les alliés connus. Nous ne laisserons rien passer.

— Bien. Vous pouvez tous les deux disposer. Retournez au travail.

Axe et moi lui adressons une révérence.

— Mon seigneur ? dit Axe d'une voix hésitante après s'être redressé.

Le roi Zander lève un sourcil interrogateur.

— Qu'en est-il des autres humaines que nous avons sauvées ?

Le roi Zander observe Axe pendant un moment.

— T'es-tu lié à l'une d'elles ?

— Non, répond Axe à la hâte. J'ai juste...

Il secoue la tête.

— Il faut les surveiller de près, c'est tout. Nous ne savons pas si l'on peut leur faire confiance.

Le roi le regarde sans faire de commentaire.

— Bien sûr, vous le savez. Pardonnez-moi, mon seigneur, reprend rapidement Axe alors qu'il se rend compte qu'il est allé trop loin.

— Je vais assigner un maître zandian à chaque humaine secourue. Si vous souhaitez participer, ou réclamer une humaine en particulier, c'est le moment de le faire savoir.

Je m'attends à ce qu'Axe se retire car je sais à quel point il se méfie des humains. Pourtant, il se passe une main sur la mâchoire.

— L'une d'entre elles devra être surveillée de plus près

que les autres. Elle a clairement causé du tort à ses anciens maîtres si l'on en croit son crâne tondu et ses tatouages punitifs.

— J'en tiendrai compte, dit le roi Zander. Il faut que chacune d'entre elles nous donne des informations. Même une petite bribe d'information qu'elles jugent insignifiante pourrait nous aider.

Il marque une pause.

— Docteur Daneth, veuillez me donner vos recommandations pour les affectations lorsque les humaines n'auront plus besoin de vos soins.

— Oui, mon seigneur, acquiesce le docteur.

Le roi Zander nous congédie une seconde fois.

— Bien, remettez-vous au travail.

Axe et moi nous inclinons une fois de plus et sortons.

— Ne fais pas confiance à cette humaine, me prévient-il.

Ma mâchoire se raidit.

— Elle est sur notre planète, sous ma surveillance. Elle ne peut pas causer de mal.

Il me lance un regard noir.

— Tu n'en sais rien.

Je redresse les épaules.

— Par chance, elle a encore des choses à nous apprendre. Elle pourrait apporter beaucoup à Zandia.

Axe me regarde et les traits de son visage trahissent combien il doute de ce que je viens de dire.

J'ai envie de le frapper, mais seulement parce que je sais qu'il a raison. Mon jugement n'est pas fiable quand il s'agit des femmes.

J'ai failli nous faire tous tuer en faisant confiance à l'une d'elles par le passé.

— Ce qu'elle a dit à bord du vaisseau… Elle sait quelque chose, dit Axe. Il faut absolument que tu le découvres.

— Je le ferai, garantis-je.

Cette promesse n'est pas seulement pour lui, mais également pour moi-même. Pour mon roi. Pour ma planète.

— Si elle te trouve attirant, elle s'attachera sûrement à toi à raison d'entraînements et de punitions appropriées. Tu peux en faire bon usage.

Je déteste qu'il parle d'elle.

— Je ferai ce que je dois faire.

— Mais ne t'accouple pas avec elle avant d'être certain qu'elle est digne de confiance.

— Bien sûr que non, dis-je en faisant un pas de côté. Je vais au dispensaire tout de suite pour voir si elle veut bien me parler.

— Ne t'accouple pas avec elle, me répète-t-il.

Il regarde ensuite vers le dispensaire avec un air renfrogné.

— Je viens aussi. Pour m'assurer que Flora n'est pas une menace pour Zandia.

Intéressant. Flora est l'humaine dont il a parlé, celle avec les tatouages et le crâne rasé. Axe ne fait peut-être pas confiance aux humains, mais quelque chose me dit qu'il est tout de même intéressé.

— Je pourrais peut-être t'aider à l'interroger. Nous devons tous faire ce qui est en notre pouvoir.

— D'accord.

Ce qu'il dit est évident, et cela n'a rien à voir avec l'obtention de renseignements.

— Si tu veux devenir son maître, tu aurais dû le demander.

— Ce n'est pas le cas, s'emporte-t-il. Je suis juste inquiet, c'est tout.

Mais oui. Il est *inquiet*.

— Bien. Allons les voir.

Alors que je me dirige vers le bâtiment, mon corps vibre tant je suis impatient. Lorsque je suis en mission, je donne toujours le meilleur de moi-même pour mes compatriotes zandians. Mais là, c'est autre chose. C'est quelque chose de... physique. Mais il y a aussi quelque chose d'autre. L'idée de revoir cette petite humaine crée dans mon corps un raz-de-marée de sensations.

J'ai hâte de voir ce qui se passera une fois que je l'aurai revendiquée pour être mienne.

Tant que je n'aurais pas pleinement confiance en elle, elle ne sera pas ma femelle reproductrice, mais son corps m'appartient désormais, et j'ai hâte d'en faire bon usage.

Chapitre Trois

S*ia*

La peur met mes nerfs à rude épreuve et relance mes maux de tête malgré les médicaments que le médecin zandian m'a prescrits. De plus, cela ne m'aide clairement pas de ne pas me souvenir qui je suis.

J'ai reconnu les femmes qui ont été amenées ici avec moi, mais je ne saurais pas dire d'où je les connais. Manifestement, nous étions esclaves ensemble, mais je ne me souviens pas du tout de la planète où nous avons été secourues, ni comment nous sommes arrivées ici, encore moins de ce qui s'est passé avant.

Leur présence devrait m'apaiser, pourtant j'ai plutôt envie de retrouver le guerrier qui m'a sauvée.

Je ne sais pas pourquoi, mais j'ai l'impression qu'il va tout tirer au clair.

Cela dépasse l'entendement puisque je ne crois pas l'avoir déjà rencontré avant la dernière rotation de planète.

Il entre dans le dispensaire où je suis détenue depuis que nous avons atterri ici, et mon pouls s'emballe.

Je descends de la table d'examen.

— Maître, dis-je.

Je me ravise, un peu confuse.

— Je suis désolée, vous n'êtes pas mon maître, n'est-ce pas ?

Je me trouve à nouveau pantoise. Pourquoi ai-je pensé cela ?

Les lèvres du guerrier tressaillent, ses cornes s'épaississent et il se penche vers moi.

— Aimerais-tu que je sois ton maître ? demande-t-il dans un grondement grave et profond.

Je ne parviens pas à définir s'il y a un sous-entendu sexuel dans sa question.

Je ne sais même pas vraiment si je veux qu'il y en ait un.

— Oui.

Je lui réponds honnêtement.

Encore une fois, cela dépasse l'entendement, mais son autorité naturelle me rassure alors que tous les autres êtres présents ici me rendent nerveuse. Je ne sais pas ce qui se passe, mais je veux qu'il soit celui à qui je rends des comptes, je veux être sous ses ordres. Je me sens en sécurité en sa présence.

Il s'approche de moi, place ses grandes mains autour de ma taille et me soulève facilement pour me remettre sur la table.

— T'a-t-on autorisé à descendre de là ?

Il me paraît vaguement sévère dans le ton de sa voix, mais je ne sais trop pourquoi, il me semble aussi qu'il m'aguiche.

Mais les maîtres ne font pas cela, non ? Je cherche au plus profond de ma mémoire pour me souvenir de mon dernier maître. Pour une raison que j'ignore, je suis terrorisée dès lors que je pense à lui.

Ma peau s'échauffe. Peut-être que cela est dû à la honte qu'il m'ait réprimandée, ou au fait que ses grandes mains reposent toujours sur ma taille, s'appuyant doucement sur ma peau à travers la fine chemise médicale.

— Je... Je ne suis pas sûre. Ai-je la permission ?

Ses lèvres tressaillent.

— Je vais voir.

Il se tourne vers le médecin, tout en gardant sa main légèrement posée sur moi.

— Docteur Daneth ? Sia doit-elle encore rester ici ?

C'est absurde, mais je suis ravie de l'entendre prononcer mon prénom comme si j'étais à lui. Il est mon seul point de repère dans cet endroit où tout est nouveau et différent.

Le médecin, que j'ai trouvé froid et professionnel, mais loin d'être mal aimable, se retourne :

— J'en ai fini avec elle pour l'instant. Tu peux l'emmener dans la salle où se trouvent les autres esclaves avec lesquelles elle est arrivée. Ensuite, reviens me voir pour discuter de son placement.

Le guerrier s'incline devant le médecin, qui doit être son supérieur, et se retourne vers moi. Il me prend par la taille et me pose à terre comme si je ne pesais rien. Alors que mes genoux semblent céder, il me rattrape par le coude.

— Es-tu en état de marcher, petite humaine ?

— Oui, Maître, murmuré-je.

Le guerrier émet un *Hmm*, ou peut-être *Mm*, manifestement satisfait. Il garde sa grande main sur mon coude tandis qu'il me guide pour sortir du dispensaire puis dans un long couloir blanc. Le bâtiment est magnifique, cela n'a rien à voir avec ce que les Ocretions bâtissent. C'est du moins ma première impression, mais lorsque j'essaie de me souvenir des bâtiments que j'ai connus auparavant, tout ce qui me revient est le souvenir flou d'une sorte de laboratoire. Dès que j'essaie de me souvenir de quelque chose, je me heurte à un grand vide.

Pourtant, je suis certaine de n'avoir jamais vu autant de richesse et d'opulence. Le sol du couloir est fait de marbre brillant ou d'une autre pierre similaire. Les murs ne sont pas peints, mais directement faits de plâtre poli de couleur.

Il règne sur cette planète une sensation de légèreté que je n'ai jamais connue auparavant.

Mais cela est peut-être dû aux médicaments qu'on m'a administrés pour soulager mon traumatisme crânien.

J'inspire profondément plusieurs fois. Il faut que je me débarrasse de ce mal de tête pour pouvoir comprendre ce qui se passe exactement.

— C'est ta cellule ?

Il me montre l'alcôve, petite, mais confortable. Les autres femmes qui ont été secourues sont au bout du couloir, dans des pièces similaires. Même si nous sommes enfermées, cela ne donne pas l'impression d'être dans une prison comme celles que j'ai vues ou imaginées.

— Oui.

J'ai à nouveau la tête qui tourne et je titube.

Il m'attrape et me guide vers une couchette moelleuse.

— Assieds-toi là.

Je cligne des yeux tandis qu'il passe une couverture douce autour de mes épaules. Je frissonne lorsque ses doigts effleurent ma peau, sans savoir s'il le fait délibérément ou non. Les Zandians m'ont donné une blouse à manches courtes, douce et bien plus confortable que tous les vêtements que j'ai pu porter jusqu'à présent. J'aime sentir ses doigts sur mon bras.

— Tu as froid ? demande-t-il à voix basse, de nouveau aguicheur.

— Euh... non.

En réalité, j'ai plutôt chaud et je ressens des picotements, tout particulièrement là où il m'a touchée.

— C'est bien.

Il m'observe. Mais il ne me touche plus, et un sentiment de déception me traverse.

Je regarde fixement son sublime visage en cherchant à saisir ses intentions et à trouver du sens à tout ce qui se passe.

— Alors, c'est vous qui m'avez sauvée ?

Je sais déjà que c'est lui, mais j'ai besoin de le dire à voix haute pour mettre les choses au clair et libérer les parties de mon cerveau toujours inaccessibles.

— Tu gisais, presque morte, dans une cabane abandonnée sur une planète prétendument déserte. Nous pensons que les Ocretions vous ont abandonnées là. Vous avez toutes les mêmes cicatrices au crâne.

— Mais pourquoi ?

Ma voix vacille. Je tends la main vers ma tête et trouve la nervure étrangement familière sous la naissance de mes cheveux. Je suis la cicatrice du bout de mon index.

— Qu'est-ce que c'est ?

— Nous espérions que tu pourrais nous l'apprendre, dit-il d'une voix sombre. C'est d'une importance capitale pour notre planète et pour tous les êtres qui y vivent, les Zandians comme les humaines.

Je réfléchis.

— Je m'appelle Sia. Ça, j'en suis sûre.

Il touche ma main, puis la prend dans la sienne. Le choc

et la surprise s'éveillent en moi. J'aime plus que tout qu'il me touche.

— Je suis laborantine.

Je le dis sans savoir ce que cela signifie, puis l'information se présente à mon esprit telles de petites vidéos étrangement nettes, un peu comme si je regardais un enregistrement holographique. Est-ce ainsi que la mémoire est censée fonctionner ?

— Je range la verrerie et je fais des expériences de base à l'aide de produits chimiques, mais je ne suis pas chimiste. Je ne suis qu'une simple technicienne.

Toutes ces connaissances remontent à la surface comme s'il s'agissait tout simplement de remplir une tasse avec de l'eau.

— Ça me revient !

Je le regarde, l'angoisse s'accentue, mais son regard m'apaise.

— Continue.

Daven serre ma main dans la sienne.

— Fais-moi part de tout ce qui te revient.

Je lui réponds d'un hochement de tête.

— Le nom de mon maître est...

Cela me vient à l'esprit

— Torok. Mais nous ne... Ce n'est pas un maître comme vous. Il ne nous touche jamais.

J'ai le visage en feu.

— Nous ne sommes pas des esclaves de plaisir.

Je ne sais pas pourquoi j'ai mentionné le plaisir. Daven n'a pas insinué qu'il allait m'utiliser de cette façon. Pourtant, lorsque je le dis, ses cornes s'allongent et s'inclinent dans ma direction, comme s'il ne restait pas indifférent face à moi.

Par toutes les étoiles ! Je ne sais pas pourquoi j'ai autant envie de lui plaire.

Je me racle la gorge et continue :

— Nous vivons dans des dortoirs et nous travaillons pour eux. Tout est très cadré. Nous ne nous promenons nulle part sans être accompagnés de gardes. Nous suivons un régime alimentaire spécifique parce que nous sommes des sujets expérimentaux.

Soudain, ma tête bourdonne. Je ne suis pas censée dire que je suis un sujet expérimental. Je touche mon crâne et cette étrange cicatrice dont l'origine m'échappe. Le bourdonnement s'intensifie et un visage me revient en mémoire. C'est celui d'un Ocretion, un des principaux chefs de mon maître : *Vous ne devez jamais parler du Projet Alpha, ou nous vous éliminerons. Est-ce que c'est clair ?*

— Je ne peux pas...

Des images défilent dans mon esprit en une fraction de seconde.

Je vois un Ocretion m'épier au-dessus de moi. Puis l'image d'une salle d'opération avec des instruments stériles et des murs blancs. Une aiguille se dirige vers ma tête.

Je pousse un hurlement.

— Doucement, ça va aller.

Daven m'entoure de ses bras et les images disparaissent.

— Qu'est-ce qui te fait mal ? Ta tête ?

— Oui.

Je transpire et respire par à-coups.

— Tu t'es souvenue de quelque chose ? demande-t-il d'un air pressant.

— Euh... oui, je crois.

— De quoi donc ?

Ses bras se resserrent.

— Dis-le-moi. C'est très important, Sia.

— Je suis désolée. Je... je ne me souviens pas de grand-chose. Il y a une aiguille. Et un visage ?

D'un seul coup, tous les souvenirs ont complètement disparu. Comment est-ce possible ? Comment ai-je pu oublier si vite ?

— Mais... je ne suis pas sûre. Tous mes souvenirs m'ont abandonnée !

Il me regarde dans les yeux.

— Je vois.

La déception se lit sur son visage, pourtant il semble aussi compréhensif. Il me croit.

Alors que je lui dis cela, un autre éclair frappe mon esprit. Mais celui-ci est différent, il me semble plus puissant. J'ai l'impression qu'il a une tout autre importance pour moi, et que cela implique quelque chose de très personnel.

— Nous devons garder le secret ou nous mourrons toutes. Tu le sais, Sia.

Mon amie Flora me regarde avec une détermination farouche, ses yeux paraissent encore plus immenses depuis qu'elle a le crâne tondu. Ses cicatrices récentes sont rouges, saillantes et épaisses telles des veines gonflées.

Je grimace en lui prenant la main. Je suis d'accord avec elle.

— Nous ne dirons jamais rien à aucun être si nous parvenons à nous échapper, même à ceux qui semblent dignes de confiance. Ils nous tueraient en un clin d'œil s'ils savaient la vérité sur nous, même ceux qui pourraient sembler de notre côté. Avec ce que nous avons maintenant dans le crâne, plus aucun être ne pourra nous faire confiance.

Cette réviviscence dans mon esprit prend fin, mais cette fois je m'en souviens, tout comme de Flora. Elle est ici aussi, sur Zandia. Que nous est-il arrivé ?

Je cligne des yeux et détourne le regard. Je veux faire confiance à mon nouveau maître, mais quelque chose dans ce souvenir ravive ma loyauté envers quelqu'un d'autre, tant que tout cela n'est pas suffisamment clair, je dois garder le silence. Je le sais au plus profond de moi.

— Tu t'es souvenue d'autre chose ? demande-t-il calmement.

— Non.

Je secoue la tête. Je ne le regarde toujours pas.

— Je suis juste fatiguée. J'ai mal à la tête et je n'arrive pas à penser du tout. C'est vraiment effrayant.

Si la fin est tout à fait vraie, peut-il néanmoins voir que j'oublie quelque chose ?

— Tout va bien se passer, répond-il à voix haute, sans heurt.

J'ai envie de le croire même si tout va très mal en ce moment.

— Qui êtes-vous exactement ?

Cette question est plus facile que de lui demander qui je suis. Malgré tout ce dont je me souviens, je ne sais manifestement que très peu de choses sur moi ou sur mon histoire.

— Je suis Daven. Un guerrier zandian. Ton nouveau maître.

— D'accord.

Je hoche la tête.

— Tu es sur Zandia. Tu es en sécurité ici. Nous ne te ferons pas de mal. Nous respectons nos humaines.

— D'accord.

Cela ne rend pas justice au soulagement prodigieux que je ressens en l'entendant dire cela, mais à ce stade, je ne peux pas faire mieux.

— Je vous suis très reconnaissante de nous avoir sauvées.

Encore une fois, j'essaie de me remémorer davantage de souvenirs.

La panique commence à s'immiscer en moi.

— Je n'y arrive pas !

Plus rien ne me revient. Mon passé semble être un abysse. Il n'y a plus rien dans ma mémoire.

Il saisit doucement le visage de ses mains puissantes

— Arrête-là. Reprends ton souffle. Inspire et expire.

Figée sur place, je ne peux que regarder fixement ses yeux hypnotisants.

— Comme ça.

Il pose une main sur ma poitrine et, bien qu'il ne s'agisse de rien de sexuel, de petits frémissements d'excitation palpitent dans mon ventre, et l'anxiété commence à s'estomper.

— Respire profondément. Ne pense à rien. Respire avec moi.

Je le regarde dans les yeux, j'inspire et j'expire jusqu'à ce que la panique s'estompe.

— La mémoire te reviendra. Elle revient toujours.

— Vous en avez l'air si certain, dis-je en tirant la couverture.

— Nous le savons par expérience, répond-il en haussant les épaules. Toutes les humaines qui viennent ici finissent par aller mieux.

J'aime entendre dans ses mots qu'ils se soucient ici des humaines.

— Toutes les humaines ? Combien y en a-t-il ici ?

Même si je ne me souviens pas de grand-chose à mon sujet, je sais que les humaines sont de simples biens dans tout l'univers. Je sais également que j'ai été sévèrement maltraitée. Il me semble que cette planète soit une sorte de refuge pour les humaines. Quelle chance si nous sommes nombreuses ici !

Il me regarde.

— Plus que tu l'imagines. Et pour ce qui est de ton ancien maître, ce n'est pas grave si tu ne t'en souviens pas encore. C'est moi ton maître désormais sur Zandia, petite humaine.

Daven

Sia a le souffle court, mais cela ne semble pas être dû à la peur. Non, je crois que je l'attire. Elle aime l'idée que je sois son maître.

— Tu m'obéiras désormais.

Mes cornes s'épaississent rien qu'en pensant à la manière à adopter pour que cette petite humaine soit à mes ordres, et aux méthodes que je compte employer pour l'obliger à bien se comporter.

— Après tout, tu en as toi-même fait la demande.

— C'est vrai, murmure-t-elle alors qu'elle rougit.

— Tu m'appartiens désormais. Comme je suis ton maître, ma tâche consiste à te protéger et à t'aider à guérir. Je me dois de te garder en sécurité et de faire en sorte que tu recouvres la mémoire. Mais je dois aussi m'assurer que tu t'acclimates à Zandia et que tu acceptes ta condition ici.

Je lève un sourcil.

— Tu m'obéiras. Nous sommes des maîtres indulgents ici, sur Zandia, et nous accordons de nombreuses libertés à nos humains. Cependant, tu es en permanence sous ma responsabilité.

Ses lèvres rouges s'entrouvrent.

— Je comprends.

— Vraiment ?

Est-ce mal d'espérer qu'elle me mette à l'épreuve ? Que j'ai hâte de lui faire goûter à ma punition ?

— Je serai obéissante, promet-elle.

Bordix, sa voix est aussi douce que du miel.

— Pour sûr, dis-je en ricanant. Dans le cas contraire, les maîtres zandians savent rendre les humaines extrêmement dociles.

Je me penche et effleure de mes lèvres le contour de son oreille en murmurant :

— Tu verras.

Ses mamelons durcissent sous sa robe.

— Que voulez-vous dire ?

— Nous avons des méthodes bien à nous pour créer du lien entre une humaine et son maître, murmure-t-il. Ne t'inquiète pas, la plupart des humains apprécient les méthodes des maîtres zandians autant que nous.

Je laisse glisser le revers de ma main le long de son visage.

— Mais pour l'instant, voyons ce dont tu as besoin pour retrouver toutes tes forces. Attends ici.

— Non pas que j'aie le choix.

Et voilà. Ma verge s'épaissit dans mon legging. Nous y sommes. Elle me teste déjà.

— La réponse adéquate, dis-je en attrapant son menton, est *oui, Maître*.

Elle arrête de respirer et me regarde avec des yeux immenses.

— Dis-le, Sia, exigé-je. Il faut que tu obéisses immédiatement, tout comme chaque fois que je te le demanderai.

— Je..., hésite-t-elle.

Je l'attire contre moi et la fais légèrement se tourner tout en jetant la couverture de côté. Je passe une main sur sa fesse, puis lui donne une légère fessée.

— Tu l'as déjà dit. Redis-le maintenant.

Je sens son excitation. Haletante, elle étouffe un son dans sa gorge.

— Aïe !

Je la tape encore, un peu plus fort, en laissant cette fois ma main reposer sur son fessier délectable avec mes doigts écartés.

— Sia ?

— Oui, Maître !

Elle halète, puis gémit légèrement et serre les jambes l'une contre l'autre comme si elle avait envie d'être touchée par-là. Oh *bordix*, j'ai hâte d'y être. Mais pas tout de suite. Je dois d'abord sceller un lien de confiance entre elle et moi.

— Bien.

Je frotte ses fesses par-dessus le tissu de sa blouse.

— La prochaine fois, tu le diras plus vite, compris ?

— Oui, Maître.

— C'est bien.

Je lui saisis à nouveau le menton.

— Parce que je te donnerai systématiquement une fessée si tu désobéis. C'est clairement la meilleure façon d'apprendre.

Ses joues rougissent et elle baisse les yeux.

Bordix. Il faut que je ramène immédiatement cette petite humaine à mon domicile. J'ai hâte de commencer à l'entraîner.

— Je reviens bientôt, dis-je d'une voix rauque avant de m'en aller, impatient de savoir ce qu'il me faudra faire pour avoir le droit de ramener ma belle récompense à la maison.

* * *

Sia

Douce Terre Mère !

Qu'est-ce qui ne va pas chez moi pour que j'aime ça ? Pourquoi ai-je immédiatement envie qu'il recommence ? J'ai un vague souvenir d'une main d'un Ocretion qui m'a frappé. C'était affreusement douloureux et terrifiant. Mais là, j'ai l'impression que du miel chaud coule dans mes veines.

Il me laisse seule alors que mon cerveau s'emballe et que mon corps tremble, mais le regard complice qu'il m'adresse me laisse penser qu'il sait exactement l'effet que ses deux fessées m'ont fait.

La porte de la cellule se referme derrière lui et je sais qu'elle est verrouillée. Mais je n'ai pas l'intention de m'échapper. Où pourrais-je bien aller ? Et pourquoi ?

Je me lève et pose mes deux mains sur mes fesses. Je n'ai pas mal, mais je ressens un léger picotement suite aux fessées. Le désir entre mes cuisses est encore plus présent et je sens que mon intimité est humide. C'est une réaction nouvelle. Jamais mon corps n'avait fait ça.

Lorsqu'il revient, je sens mon visage rougir à nouveau.

— J'ai l'autorisation de t'emmener à mon domicile, annonce-t-il. Tu y resteras avec moi.

— Oui, Maître, murmuré-je. Pour combien de temps ?

— Aussi longtemps que nécessaire, répond-il avec un regard prudent. Au moins le temps que tu retrouves la mémoire et que tu t'acclimates à la vie sur Zandia. C'est à moi de décider quand tu seras prête à t'intégrer à la société.

— Puis-je parler à mes... aux autres humaines avant de partir ? Mon amie, Flora ? S'il vous plaît ?

Je dois parler à Flora dès que possible. Se souvient-elle de plus de choses que moi ? Quelle est cette chose que nous devons garder pour nous ? *Qui sommes-nous ?*

— On verra ça plus tard.

Il me regarde.

— Elle se repose.

— S'il vous plaît.

Je sanglote presque. Ai-je le droit de supplier mon maître ? Parce que si cela peut m'aider à voir Flora, je compte bien le faire.

Il m'observe comme s'il prenait le temps de se faire son opinion, puis son visage s'adoucit.

— Je vais t'y emmener.

Au lieu de me prendre le coude, il me soulève cette fois-ci comme si je ne pesais rien, puis m'emmène dans le couloir et frappe à une porte qui finit par coulisser.

Flora est allongée sur une couchette, les yeux fermés, le souffle régulier. Son visage est tuméfié et recouvert de pansements. Nos anciens maîtres lui ont tondu le crâne en guise de punition. Les Ocretions lui ont infligé des tatouages punitifs représentant ses crimes, soit essentielle-ment des tentatives d'évasion et des actes de désobéissance.

Quelqu'un est à son chevet et replace des ustensiles sur un plateau. Il s'agit d'une humaine que je ne reconnais pas et qui doit vivre ici. Elle fait un signe de tête à Daven et me regarde avec bienveillance.

— Elle restera inconsciente pendant encore quelques rotations, murmure-t-elle.

Je pousse un petit sanglot. Comment vais-je me souvenir de qui je suis si je ne peux pas parler à mes amis ?

— Chut, me dit mon maître à l'oreille. Elle va s'en sortir,

mais elle est sous traitement et elle dort. Tu la reverras, je te le promets.

Je hoche la tête contre son épaule.

— Fort bien. Merci, Maître.

Je garde ma tête contre sa poitrine jusqu'à son domicile tout en observant la lumière des soleils et les magnifiques bâtiments qui défilent durant le trajet à bord de l'aéromobile.

Zandia est vraiment une planète magique.

Cela semble presque trop beau pour être vrai.

Néanmoins, je soupçonne que ma présence ici soit liée à mon travail en laboratoire et que quelque chose de terrible risque de se produire, et cela m'empêche de me détendre dans les bras puissants de mon maître.

* * *

Daven

L'humaine se blottit contre moi, comme si elle essayait de grimper sur ma poitrine. Elle est terrifiée et tremble encore. Mon instinct protecteur s'emballe.

Pourtant, elle m'a déjà menti au moins une fois. Je l'ai vue détourner le regard quand nous parlions, et j'ai compris qu'elle cachait quelque chose.

Axe avait raison. Je ne peux pas lui faire confiance.

Mais que cache-t-elle ? Et pourquoi ? Je le découvrirai. C'est ma mission de le découvrir.

Je n'ai pas peur de lui infliger une légère punition pour la mettre au pas. Les femelles humaines adorent ça. Cela les excite sexuellement et les lie à leur Maître et partenaire. Je souris en me rappelant comment ses pupilles se sont élargies et comment son corps entier a palpité de désir en tapant simplement deux fois son joli fessier. Oh, je vais bien m'amuser. J'ai envie de l'entraîner, de la discipliner, et de la posséder même si cela doit-être de courte durée.

Je sens que mon sexe souiller mes dessous, et je me force donc à me calmer. Je me dis que je dois m'y prendre doucement et de manière égale avec celle-ci.

Elle murmure dans son sommeil et se retourne, et sa robe glisse de son épaule en révélant une peau parfaite et la courbe sublime de sa poitrine.

Lentement mais sûrement.

— Mais pas trop lentement, murmuré-je.

Bordix, c'est tout ce que je trouve à me dire pour m'empêcher de la prendre ici et maintenant.

Chapitre Quatre

S *ia*

Je passe une nuit agréable avec mon nouveau maître sans qu'il n'exige rien de moi. Il me montre comment utiliser le tube de lavage aussi étonnant que sophistiqué, me donne des vêtements merveilleusement doux et confortables, et fait apporter de quoi manger à son domicile pour moi.

Lors de la rotation suivante, je me rends à mon rendez-vous avec le docteur Daneth pour qu'il m'aide à recouvrer la mémoire. Même s'il a soigné mes blessures, il me fait peur. Il est bien trop intelligent. J'ai l'impression qu'il sait que je ne dis pas toute la vérité.

Son assistante, Bayla, sourit :

— Sia, installez-vous dans le fauteuil et essayez de vous détendre. Nous allons vous poser quelques questions et voir si vous vous souvenez de quelque chose. C'est d'accord ?

J'acquiesce. J'aime bien Bayla. C'est une humaine

comme moi, il semble qu'elle soit la femelle du docteur et occupe un poste important sur la planète, avec de nombreuses libertés et beaucoup de reconnaissance. De plus, elle semble heureuse. Je pense à Daven et la relation entre nous qui est totalement différente. Il m'a clairement fait comprendre que nous ne sommes ensemble que pour m'aider à retrouver la mémoire, et parce qu'il est mon maître attitré et rien de plus. Une fois qu'il aura obtenu ce qu'il veut de moi, on m'attribuera à un autre maître.

— Sia. Jusqu'à présent, vous nous avez dit que vous étiez une technicienne et esclave sur Ocretia, dit le médecin d'une voix grave et stable.

Je jette un coup d'œil à ce dispensaire propre et stérile sans pour autant être hostile. Il y a des rangements bas le long des murs et une grande fenêtre laisse passer la lumière de l'après-midi. Mon siège rembourré est confortable et moelleux, bien que mon corps soit encore tendu tant je reste inquiète.

— Oui, c'est vrai.

Mon cœur bat la chamade.

— Je vais vous poser des questions et vous allez essayer de répondre aussi vite que possible.

J'acquiesce.

— Bayla va attacher ce bracelet à votre poignet. Cela ne fera pas mal. Il va juste enregistrer vos constantes vitales pendant que nous parlons.

J'acquiesce à nouveau. Il s'agit donc d'un détecteur de mensonges. Mon cœur sombre. Je respire et me dis que je vais faire de mon mieux.

Il me pose plusieurs questions pour connaître mon régime alimentaire quotidien ou encore l'endroit où je passe mes nuits. Ce sont des questions faciles et je commence à me détendre. Je peux répondre honnêtement à ces questions.

Ensuite, cela se corse lorsque je me trouve partagée entre ce que je peux dire librement et ce que je dois garder pour moi.

— Quel genre de travail faites-vous ?

Je commence par expliquer ce que j'ai fait par le passé.

— J'ai été affectée à un laboratoire où j'aidais les chimistes à faire des expériences. Je rangeais la verrerie et la nettoyais. Je devais aussi prendre en note les données des appareils holographiques.

Je tapote mes doigts et appuie les ongles d'une main sous la naissance de ceux de l'autre main.

— Voilà.

Bayla et le docteur se regardent. Le bracelet à mon poignet clignote.

— Et ? Quoi d'autre ?

Je me mords la lèvre.

— C'était plus ou moins toujours la même chose. Ensuite, j'ai... été placée à un autre poste.

Je sens une goutte de sueur perler dans ma nuque, juste au niveau de la racine de mes cheveux.

— Alpha 2. Daven nous a raconté vos souvenirs de tout à l'heure.

Je hoche la tête trop longtemps.

— Oui, mais je ne peux pas... je ne me souviens pas de ce que j'ai fait là-bas.

Je le regarde, ainsi que Bayla, en essayant de paraître aussi innocente que possible. J'écarquille les yeux au cas où cela aiderait.

— Je... Tout ne m'est pas encore revenu en mémoire. J'ai juste des réminiscences.

Si je mêle à mon mensonge quelques bribes de vérité, cela semblera peut-être plus crédible ?

— Donnez-nous des exemples ? demande-t-il avec la même voix.

— Euh, je crois que j'étais attachée. Je me souviens bien de la douleur.

Je ferme vigoureusement les yeux parce que ces souvenirs sont vrais et qu'ils sont hideux.

— Je crois qu'ils voulaient peut-être améliorer ma musculature, et mon corps, dis-je en me désignant. Ils voulaient voir s'ils pouvaient améliorer ma force.

— Ils l'ont déjà fait auparavant, dit le médecin à Bayla.

Elle acquiesce avec un air compatissant.

— Je sais que c'est difficile, Sia, et vous vous en sortez très bien. Il ne reste plus que quelques questions et ce sera tout pour cette rotation de planète.

Alors qu'elle commence à parler, un étrange bourdonnement se fait entendre dans ma tête. Cela s'est déjà produit plusieurs fois. Je me touche la tempe et grimace.

— Sia, concernant le Projet Alpha, comment ont-ils prévu de vous améliorer ? J'ai l'impression que vous en savez plus que vous ne le pensez. Essayez de vous concentrer.

Le bourdonnement laisse place à des cliquetis et des rugissements dans mes oreilles, puis il cesse.

— Je ne peux rien dire d'autre, dis-je en haussant les épaules en espérant avoir l'air de me faire du souci tout en étant incapable de leur donner davantage d'informations. J'espère que mes souvenirs reviendront bientôt.

Je marque un temps de pause puis ajoute :

— Je veux vraiment vous aider.

Je le dis en y croyant sincèrement.

On frappe à la porte et le médecin se retourne.

— Excusez-moi. Je dois m'adresser à lui.

Il touche l'épaule de Bayla, à la fois rassurant et dominant. J'aspire à ce genre de lien avec Daven.

— Docteur, nous avons reçu des informations selon lesquelles les Karrans vont effectuer des passages rapprochés de notre planète. C'est apparemment pour des missions de cartographie. Nous craignons qu'ils n'espionnent en réalité pour le compte des Ocretions dans le but d'obtenir des images de haute qualité de notre planète, et ainsi évaluer nos capacités militaires. Nous devons définir des techniques de dissimulation ou d'occultation avec vous et les experts et voir si nous pouvons les dissuader de ces incursions.

— Pas ici, S...

Le bourdonnement est de retour, et cette fois il est accompagné d'une série d'assauts d'une rapidité extrême. C'est indolore, mais chaque fois que cela se produit, ma vision se réajuste et des vertiges me parcourent l'ensemble du corps.

Je tremble et secoue la tête. Je me souviens ensuite que j'ai une puce dans la tête. Et cette puce peut me griller de l'intérieur. Je n'arrive pas à me souvenir de son utilité, mais quelque chose me fait croire qu'elle s'est activée pour enregistrer ce qui se dit. *Terre Mère*, si seulement il y avait un moyen de l'arrêter.

Lorsque la porte s'ouvre à nouveau, Daven entre. Il me fait un signe de tête, puis le médecin et lui se concertent pendant quelques minutes. Le médecin prend mon appareil au poignet et vérifie les relevés, puis il secoue la tête tandis que Daven et lui continuent de parler à voix trop basse pour que je puisse les entendre.

* * *

Daven

Sia semble pâle et anxieuse après sa séance avec le docteur Daneth.

Une partie de moi a envie de l'attraper, d'exiger du docteur qu'il la laisse tranquille et de la ramener chez moi, où je pourrai la protéger de tous les autres êtres.

Mais d'un autre côté, elle est peut-être stressée parce qu'elle nous cache quelque chose. Le docteur Daneth semble penser qu'elle en sait plus qu'elle ne le dit et qu'elle a peur de parler, mais son incapacité à nous donner des informations claires pourrait aussi être liée à son traumatisme crânien et à sa perte de mémoire.

Je ne sais pas trop quoi penser.

Alors que nous sortons, Axe sort d'un autre laboratoire. Sa grande main est serrée autour de la nuque de Flora, l'humaine aux tatouages punitifs et au crâne rasé.

Elle garde la tête haute, le menton relevé avec obstination. Elle semble vouloir tenir tête à Axe, pas nécessairement physiquement, mais plutôt avec son esprit et ses émotions.

— Flora ! s'écrie Sia en voyant son amie.

Elle se jette au cou de la femme à la peau pâle. Flora lui murmure quelque chose à l'oreille que je n'arrive pas à comprendre.

— Elle ne peut pas te parler maintenant, grogne Axe en éloignant Flora et en lançant à Sia un regard noir qui me fait serrer le poing de la main droite.

Mais c'est absurde, car Axe ne menace pas ma femelle.

Du moins, il n'a pas intérêt à le faire, ni même à y songer.

— Où l'emmenez-vous ? demande Sia d'une voix stridente de peur.

— Elle va bien, petite humaine, lui dis-je. Vous êtes toutes en sécurité sur Zandia. Axe ne lui fera pas de mal.

Axe redresse les épaules et un muscle de sa mâchoire tressaute.

— Bien sûr que je ne lui ferais aucun mal, dit-il avec raideur. Nous avons juste besoin de réponses.

Il regarde de nouveau vers Sia.

— Des réponses de *toutes* les humaines.

— Nous aurons des réponses, dis-je d'un ton plus positif que ce que j'avais en tête.

Je n'apprécie pas qu'Axe mette tout le monde mal à l'aise. Je ne veux pas que cela ait des répercussions sur ma relation avec Sia.

Je sens que je m'attache déjà à elle en l'ayant chez moi, en étant son maître.

— Si elles comptent rester sur Zandia, il faudra qu'elles nous disent tout ce qu'elles savent. Nous n'hébergeons pas des agents d'Ocretia.

Je laisse entendre un petit rire moqueur. Le discours d'Axe tourne au ridicule.

— Il n'y a aucun agent d'Ocretia parmi nos humaines. Elles étaient toutes esclaves. Elles ont dû en baver pour rester en vie. Garde ça en tête lorsque tu interroges ta femelle.

Pour la première fois, Flora tourne son regard hautain vers moi alors qu'elle faisait jusque-là tout ce qu'elle pouvait pour le tenir loin d'Axe. Elle semble chercher quelque chose en me regardant ainsi.

— Ce n'est pas ma femelle.

Flora pince les lèvres et détourne le regard.

— N'a-t-elle pas été confiée à tes soins ? tenté-je.

Axe hésite.

— Si, mais temporairement.

— Donc tu es son maître, et elle est sous ta responsabilité.

— Elle est ma...

Axe s'interrompt et jette un rapide coup d'œil à Flora. Ses cornes s'épaississent et s'inclinent vers elle.

Je m'en doutais. Son intérêt va au-delà des informations qu'elle peut détenir.

— C'est ta femelle pour le moment. N'oublie pas tout ce qu'elle a enduré. Si elle est devenue rebelle par le passé, c'est parce qu'elle a manqué de liberté, quelle qu'elle soit.

Axe relâche immédiatement la nuque de Flora comme si son cou gracile lui brûlait la main.

— Je le sais, s'emporte-t-il.

Il la saisit finalement par le coude.

— Viens, humaine, aboie-t-il.

— J'arrive, Maître.

Flora murmure en essayant de paraître aussi respectueuse que possible, mais n'y parvient pas vraiment.

Sia s'approche de son amie, mais je lui attrape la main pour l'éloigner.

— Une autre fois, Sia.

Elle dirige ses grands yeux sombres vers moi et laisse battre ses cils épais.

— Oui, Maître.

Contrairement à Flora, Sia a l'air sincère, et son timbre velouté me provoque une érection.

J'ai des idées pour faire parler ma petite humaine, et elles impliquent toutes qu'elle soit nue et à ma merci.

En réalité, j'ai hâte de trouver le temps nécessaire pour

l'interroger, en intégrant quelques punitions afin qu'elle reste honnête.

Nous sortons dans la lumière du soleil alors que mon ami Khrys et sa femelle humaine Kailani s'approchent avec leur jeune enfant dans les bras.

Sia sursaute alors qu'elle regarde l'enfant, né d'un père zandian et d'une mère humaine, puis ses deux parents.

Je lève mon bras en angle droit, le poing levé, comme le veut le salut zandian traditionnel.

— Khrys, Kailani, voici, Sia. Nous l'avons sauvée, ainsi que plusieurs autres esclaves humaines sur Simak 14.

Khrys me rend mon salut tandis que Kailani tend la main pour saisir celle de Sia.

Cependant, Sia n'a d'yeux que pour le petit.

— Qui est-ce ?

Son sourire illumine son visage et me rend presque jaloux de l'enfant qui suscite une telle joie chez elle.

J'ai envie de mettre un petit dans son ventre, de la voir faire grandir notre propre progéniture.

— Voici Nicao, notre petit, dit Kailani avec le même sourire. Il a un peu plus d'un cycle solaire.

Le petit lève le poing en l'air comme Khrys et moi l'avons fait, et nous rions tous et lui rendons le geste.

— Il est tellement intelligent, s'exclame Sia.

— Il est ici pour un bilan de santé avec le docteur Daneth. On resterait bien pour parler, mais on est déjà en retard, s'excuse Kailani.

— Aucun problème. Ravie de vous avoir rencontrés, s'exclame Sia, le regard toujours fixé sur l'enfant.

Alors qu'ils pénètrent dans le bâtiment, elle penche son visage vers le mien.

— C'est donc vrai, les Zandians s'accouplent avec les humains ?

J'acquiesce.

— C'est vrai. Notre espèce est en danger d'extinction. Le docteur Daneth a découvert que les humaines sont les meilleures reproductrices pour nous permettre de repeupler la planète.

Une expression vient plisser le front de Sia.

— Mais Kailani n'est pas...

Elle jette un coup d'œil dans la direction où sont allés Kailaini et Khrys.

— Elle n'est pas que reproductrice. N'est-ce pas ? Ils avaient l'air... d'être un couple heureux.

Mes cornes s'épaississent et s'inclinent dans sa direction. Elle veut être en couple, et mettre au monde des petits Zandians. J'en suis sûr, et cette idée fait directement affluer mon sang vers ma verge. Je veux être le mâle qui mettra ces petits en elle.

Comme si elle saisissait mon humeur, elle se colle à moi alors que ses mamelons repoussent le tissu fin de sa robe.

— Beaucoup d'humaines s'accouplent avec leurs maîtres, murmuré-je.

Elle cligne des yeux et je sens le parfum de son excitation.

— Cela te plairait-il ?

— Oui, Maître, répond-elle presque en ronronnant.

Mes cornes s'épaississent et je sens une pulsation en elle.

Bordix, oui.

J'abaisse mon visage vers le sien et mes lèvres s'approchent de sa bouche pulpeuse.

— Montre-moi que tu es une bonne petite humaine, et nous verrons si nous sommes faits pour nous entendre.

— Oui, Maître.

Je veux la goûter, la déshabiller, découvrir ce qui la fait

crier. Mais elle se remet encore de ses blessures. Je vais devoir attendre encore une ou deux rotations.

Bordix, je veux l'initier sexuellement.

Axe se trompe tellement sur ces femmes.

Il ne faut pas les craindre. Il faut simplement les conquérir doucement et fermement.

Chapitre Cinq

S*ia*

— Comment te sens-tu ? me demande Daven lors de la rotation suivante.

C'est une matinée ensoleillée et les rayons du soleil s'invitent à l'intérieur par le grand dôme vitré. Son logement est situé en hauteur et surplombe une place plutôt animée en contrebas. Comme tout sur cette planète, cet endroit est un plaisir pour les yeux.

Un cristal, que Daven m'a expliqué être un cristal zandian, est incrusté dans un puits de lumière au plafond et diffuse des cascades aux couleurs de l'arc-en-ciel sur les murs. Daven dit que les Zandians puisent leur énergie dans le cristal pour nourrir leur corps et qu'ils n'ont pratiquement pas besoin de manger.

— J'aime observer les allées et venues, dis-je en faisant

un geste vers la route dont les pavés scintillent grâce à la présence de morceaux de cristal.

Deux humains discutent juste en dessous de moi et je trouve réconfortant de les entendre.

— J'aime bien observer.

Un groupe de guerriers zandians se dirige à grandes enjambées vers un dôme au loin. Ils sont aussi forts et beaux que Daven, mais ils ne suscitent pas en moi le même désir de contact physique que lui.

— Quand pourrai-je revoir mes amies ?

Je prends un grain de raisin de la grappe qu'il a laissée pour moi sur le plan argenté et brillant. Daven ne mange que toutes les dix rotations environ et me propose les repas les plus délicieux que j'aie jamais goûtés. Ils sont essentiel-lement composés de fruits frais dont j'ai déjà entendu parler, mais que je n'avais encore jamais vu ni goûté.

— Bientôt. Quand elles seront toutes bien installées.

Je cherche désespérément à reconstituer tout ce qui s'est passé et à savoir comment nous sommes arrivées ici. Je suis certaine que mes inquiétudes sont fondées. « Ne dis *rien*, Sia », m'a mise en garde Flora lorsque je l'ai serrée dans mes bras lors de la dernière rotation.

Je ne sais même pas bien ce que je devais garder pour moi, mais j'ai compris qu'elle se souvenait de quelque chose et que nous ne devions pas en parler.

Maintenant, je sais que cela a un rapport avec la puce.

Je meurs d'envie d'avoir une vraie discussion avec Flora et de voir les trois autres : Katia, Alyza et Janae. Ce secret dans nos têtes reste encore bien flou pour moi. Pourquoi des puces nous ont-elles été implantées ? Je ne saurais dire pour-quoi, mais je pense qu'elles servent à enregistrer des choses.

Cela pourrait évidemment poser problème. Que se

passerait-il si nous avions été envoyées ici pour espionner sur Zandia à notre insu ?

Mais cela n'a pas de sens. Nous n'avons pas été envoyées sur Zandia, nous avons été abandonnées sur Simak 14 par un groupe d'Ocretions qui pensait que nous étions des esclaves de plaisir. Il y a eu un malentendu à un moment donné et nous avons été envoyées au mauvais endroit.

Où étions-nous supposées aller ? Et pourquoi ?

Et que va-t-il se passer maintenant que nous avons ces puces dans nos têtes ? Peut-on nous suivre à la trace ? Enregistrent-elles quelque chose ?

Un frisson me saisit alors que je comprends soudain pourquoi Flora a été si impérative sur le fait que je ne devais rien dire. Je me souviens désormais de ce qu'ils peuvent nous faire si nous parlons : ils nous grilleront le cerveau de l'intérieur.

La puce est implantée de manière à se trouver emmêlée avec nos propres neurones.

— Je vous suis reconnaissante de m'accueillir ici, ajouté-je à la hâte de peur de paraître impolie. Les repas sont excellents. Je suis en sécurité et au chaud. Mais cela fait déjà trois rotations, non ? Puis-je voir Flora et les autres humaines ?

Je fais un geste vers l'extérieur et lève les yeux vers lui.

— S'il vous plaît, Maître.

Il s'assied à côté de moi et, comme chaque fois, la chaleur de son corps me fait frissonner. La frustration due à l'enfermement ainsi que la peur de perdre mes souvenirs s'estompent toujours dès que je sens sa présence. Lorsqu'il s'approche de moi, l'envie que je ressens se fait de plus en plus envahissante. Je désire quelque chose que je ne peux pas exprimer avec des mots, et c'est une autre forme de frustration.

— Tes plaies ont cicatrisé, me dit-il en me touchant le visage. Mais tes souvenirs te font toujours défaut. Le docteur Daneth estime qu'il vaut mieux vous isoler jusqu'à ce que vous retrouviez la pleine possession de vos pensées.

— Je ne suis pas d'accord, Maître.

Je me lève et fais les cent pas. Je ne sais pas ce qui me pousse à oser remettre en question ce que me dit mon nouveau maître, mais je crois que je n'ai pas à avoir peur.

— Je pense que sortir m'aiderait. Je suis pleine d'adrénaline et d'anxiété. J'ai besoin de quelque chose. J'ai besoin de me libérer de je ne sais quoi.

— Est-ce que tu t'es connectée à ton journal de mémoire ? demande-t-il en plissant les yeux vers moi. Sia ?

Je hoche la tête.

— Oui. Bien sûr, j'enregistre tout.

Ceci est un mensonge. J'en ai enregistré beaucoup, mais j'ai fait en sorte de retenir tout ce qui concerne ma cicatrice à la tête ou les détails du Projet Alpha, même si je n'ai pas réussi à me souvenir de grand-chose à propos de l'un ou de l'autre.

— Il y en a un autre qui m'est revenu tout à l'heure. Dois-je te le dire ?

Il acquiesce, les yeux plissés, comme s'il doutait de mon honnêteté.

Je touche l'appareil, mais je n'appuie pas sur le bouton de lecture.

— Je me souviens que j'étais dans un laboratoire et que des responsables ocretions étaient en train de parler. Ils étaient enthousiastes. Ils disaient...

Je marque une pause et ferme les yeux pour bien le restituer.

— ... qu'ils avaient isolé de nouvelles protéines qui pourraient nous être administrées en combinaison avec diverses hormones pour augmenter notre endurance et nous permettre de guérir plus vite de nos blessures.

J'ouvre les yeux et regarde Daven.

— Ils écrivaient sur un tableau holographique et je me souviens des symboles. Je peux les écrire.

Daven garde le silence, mais son corps entier semble frémir d'impatience.

— Oui, Sia, s'il te plaît, dit-il à voix basse en me tendant la tablette dont l'écran reste vierge. Fais de ton mieux pour les reproduire.

Je ne sais pas comment je vais m'y prendre, et cela devrait sûrement me faire peur dans la mesure où je ne connais pas du tout la chimie. Je ne me souviens pas très bien de mon passé, mais je sais que j'étais douée pour organiser la verrerie de laboratoire et faire des mélanges de base, mais je n'étais pas une scientifique, j'étais là pour suivre les ordres.

Cela me semble curieux, presque comme si je regardais une vidéo, et encore une fois, comme lorsque j'ai rencontré Daven, je suis stupéfaite que mon cerveau puisse rejouer quelque chose de façon si complète presque à la manière d'un hologramme. Je suis à peu près certaine que ma mémoire n'avait jamais fonctionné comme ça auparavant...

— Comment peux-tu te souvenir de tout ça ?

Le ton qu'emploie Daven me semble étrange lorsqu'il me regarde chiffrer. Il n'est en rien accusateur et cela relève davantage de la curiosité. Il examine mon travail.

— Je n'arrive même pas à comprendre. La plupart des Zandians ne se souviennent pas des choses de manière aussi photographique.

Il agrandit une partie de l'écran.

— C'est très complexe.

— Honnêtement... Je n'en sais rien.

Il m'observe comme s'il doutait de ce qu'il voyait.

— Daven, je ne comprends vraiment pas comment, mais je viens de m'en souvenir. C'est juste là, dans ma tête, dis-je en haussant les épaules. Je ne saurais pas expliquer pourquoi, mais j'arrive à imaginer l'écran holographique dans ce laboratoire, et je me rappelle avoir levé les yeux alors que je rangeais des récipients et ces symboles sont restés ancrés dans mon cerveau.

— C'est un projet que tu connais ? Tu faisais des expériences à l'aide de produits chimiques ? poursuit-il, les sourcils froncés.

— Je ne connais rien de cette technologie. C'est comme transcrire une langue étrangère, mais je sais que c'est exact, au moins pour ce que j'ai vu ce jour-là. C'est juste... c'est dans mon cerveau.

— C'est bien. Très bien.

Daven semble enfin satisfait lorsque je termine la série d'équations complexes, même s'il semble toujours inquiet.

— C'est un souvenir puissant, et nous pouvons essayer de le partager avec les autres humaines afin de voir si cela stimule encore plus leurs mémoires. Et si tout est exact, le docteur Daneth pourrait être en mesure de reproduire ces techniques pour aider les humains ici, sur Zandia.

Sa voix trahit son enthousiasme et un soupçon de fierté.

— Excellent travail, Sia. Continue sur cette lancée.

Je rougis. J'aime qu'il soit fier de moi.

— Je suis heureuse de pouvoir être utile, dis-je en me touchant la tête. Les Zandians, vous y compris, m'avez tellement aidée, vous nous avez tellement aidés. Je veux aider toutes les humaines ici autant que je le peux.

En disant cela, je ressens une sensation soudaine dans la tête, accompagnée d'un bourdonnement. Je me touche les tempes.

— Je...

Je secoue la tête.

— *Celle-ci est parfaite pour le projet Alpha, dit un Ocretion. Elle est intelligente, capable de déchiffrer, elle apprend remarquablement vite. Et le scanner cérébral révèle toute la souplesse dont nous avons besoin.*

Je suis attachée avec des sangles. Nous sommes dans un laboratoire. Ils vont procéder à l'opération maintenant et ce sera l'apogée du Projet Alpha. Ils vont nous transformer en...

Puis moi-même, bien plus tard, tendant la main pour toucher les cicatrices sur ma tête, si semblables à celles présentes sur le crâne de Flora...

En quoi nous ont-ils transformées au juste ? Je veux tirer davantage de ce souvenir, il m'en manque une partie. Mais je me souviens suffisamment pour être certaine que quelque chose de terrible m'est arrivé dans ce laboratoire, quelque chose en rapport avec la puce, et c'est ce que Flora veut que je taise. Il faut absolument que je garde le secret pour que nous puissions toutes rester en vie.

— Qu'y a-t-il ? demande Daven en se penchant. Dis-moi tout.

Je secoue la tête tandis que les souvenirs tourbillonnent et que le vertige s'estompe.

— Il a disparu, affirmé-je en sachant qu'il s'agit d'un mensonge.

Je ne veux pas mentir à Daven. Le problème, c'est que lorsque les souvenirs m'assaillissent d'un coup, et cela arrive plus souvent que je l'admets, je ne sais pas lesquels je peux partager sans crainte. Je n'arrive toujours pas à me débarrasser de la conviction qu'il me faut en apprendre davantage sur moi-même avant de pouvoir dire quoi que ce soit à Daven. Après tout, il semble que ma vie et celle de Flora dépendent de ce secret. Ce serait idiot de ne pas m'accorder ne serait-ce qu'un peu de temps pour tirer cela au clair par moi-même dans un premier temps.

Ce souvenir précis ne fait clairement pas partie de ceux que je peux partager en toute sécurité pour le moment.

Mais *Terre Mère*, je vois clairement qu'il sait que je mens.

— Je ne pense pas que tu sois honnête avec moi, me confie Daven d'une voix plus grave. Sia, étant ton maître, j'insiste pour que tu répondes avec sincérité.

— Mais c'est ce que j'ai fait.

Je tente d'avoir l'air convaincante. Malheureusement, tout ce à quoi j'arrive à penser n'a rien à voir avec mes stupides souvenirs, mais uniquement ces deux fessées qu'il m'a données, et l'effet que cela m'a fait. Il ne m'a pas encore retouchée de cette façon, et franchement, j'en meurs d'envie. Être à ses côtés éveille des sentiments que je n'ai jamais éprouvés auparavant dans ma vie. Peut-être que si je peux le pousser à passer à l'action, nous cesserons de nous concentrer sur ces maudits souvenirs. Je préfère qu'ils ne me reviennent pas de toute façon.

Il n'est pas dupe.

— Très bien.

Il se tape les mains sur les cuisses, hoche la tête, puis se lève.

— On peut choisir la manière douce ou la manière forte. Franchement...

Daven m'adresse un sourire sinistre.

— ... Je préfère la manière forte. Mais ce ne sera peut-être pas ton cas.

Je sens mon ventre se soulever.

— Qu'est-ce que la manière forte ? demandé-je en portant une main à ma bouche.

Certes, j'ai envie de lui, mais... Ai-je envie de « la manière forte » ?

— Et si on le découvrait ensemble ? réplique-t-il d'un ton raisonnable.

Il se dirige vers une armoire et la déverrouille.

— Il est temps, il me semble, de te familiariser avec les méthodes zandiannes, Sia.

— Les mé... méthodes ?

Il récupère un sac noir dans l'armoire et revient s'asseoir à côté de moi.

— Exactement, répond-il en tapotant le sac.

Je m'éloigne de lui. Je ne suis pas sûre de vouloir le faire.

— Reste assise, ordonne-t-il d'une voix de fer.

Je cesse immédiatement de m'éloigner.

— Daven ?

— Tu peux m'appeler *Maître* maintenant.

Il ouvre le sac et en sort une petite lanière de cuir.

— Tu sais ce que c'est ?

Je regarde l'objet fixement. Je secoue la tête.

— Réponds-moi.

— Non. Euh, non, Maître, dis-je en déglutissant.

— C'est un petit outil pour les fessées, Sia. Destiné à ta jolie croupe humaine.

Je rougis. Un mélange d'agitation et d'excitation m'envahit le ventre.

— Je...

— Tu es sur le point de recevoir une leçon d'obéissance, explique-t-il clairement. Les humaines doivent être punies lorsqu'elles désobéissent à leur maître. C'est inacceptable que tu oses me mentir.

Il fait claquer la lanière dans sa paume et je sursaute alors que le bruit retentit dans toute la pièce.

Il sourit.

— Reste debout devant moi, Sia.

Sans rien dire, je me lève et obéis. J'ai l'impression de marcher dans un rêve. Je suis choquée par ce qu'il a l'intention de faire, mais une partie de moi, surtout mon entre-jambe, est électrisée par cette idée.

— Relève ta robe.

— Mais je...

Je pensais qu'il allait m'attraper et le faire comme la première fois. La chaleur envahit encore davantage mon visage.

Avec plus de vigueur, il frappe à nouveau la lanière dans sa main.

— Tout retard augmente le nombre de fessées, Sia. Tu l'apprendras aussi. Ce que je te demande n'est pas difficile. Prends le tissu à deux mains et soulève-le au-dessus de ta taille.

* * *

Daven

Sia rougit, manifestement sous le coup de la confusion et, je crois, du désir. Je me dois de la pousser à aller plus loin, tout en restant raisonnable. Elle a esquivé mes questions au cours des dernières rotations, et je sais qu'elle fait exprès de nous cacher ce dont elle se souvient. Il faut que cela cesse. Je pense qu'elle est prête à entamer l'entraînement humain. Je sais que les humaines sont réceptives à la discipline lorsqu'elle se présente dans un contexte sexuel. En réalité, cela peut vite devenir addictif pour elles. Je ne peux qu'espérer qu'il en sera de même pour Sia.

— Sia.

Elle déglutit puis saisit lentement sa robe.

— Mais vous allez voir ma... ma...

— Évidemment, dis-je en haussant un sourcil. Ta culotte, et plus encore. Soulève.

Je hoche la tête.

Elle hésite, clairement partagée entre son désir d'obéir et sa gêne.

Je la regarde fixement jusqu'à ce qu'elle commence enfin à soulever sa robe. Lorsque le tissu frôle ses cuisses, elle humecte ses lèvres et quelque chose s'embrase dans ses yeux.

Ah, nous y voilà. Ma petite humaine aime ça. Je suis sur la bonne voie.

— Plus haut.

Elle obéit.

— Je ne peux pas aller plus haut.

Je sens qu'elle me défie dans le ton de sa voix, mais elle a envie. Oh, oui... Elle ne mesure même pas à quel point elle a envie d'être mienne.

— C'est bien. Ne bouge plus.

Je me lève et je la contourne en l'observant sous tous les angles. *Bordix*, son fessier est parfait, semblable à deux magnifiques globes pâles à peine couverts par la soie de ses dessous. Ses cuisses tremblent. Elle est certainement impatiente ou nerveuse, ou peut-être les deux.

— Écarte les jambes.

Je glisse la lanière entre ses cuisses et écarte sa jambe gauche.

Elle pousse un petit cri et sursaute un peu, mais obéit.

— Oui, Maître.

Elle écarte sa jambe de quelques centimètres.

— Encore.

— Oui, Maître, dit-elle d'une voix un peu fluctuante tandis qu'elle écarte les jambes.

— Bien.

Je tapote très légèrement l'intérieur de sa cuisse, juste pour la toucher et non pour la frapper, et je l'entends haleter.

Ma verge est déjà dure comme de la roche.

— Reste comme ça jusqu'à nouvel ordre. Ne bouge pas d'un poil.

Je tapote l'intérieur de son autre cuisse.

Elle aspire une bouffée d'air.

— Oui, Maître, murmure-t-elle.

Hors de sa vue, je me saisis du sac et commence à organiser quelques objets sur la surface de stockage. Je suis absolument certain qu'elle meurt d'envie de regarder, tout son corps vibre d'une curiosité engendrée par la nervosité.

— Maître, qu'est-ce que vous...

— Tu le découvriras bien assez tôt.

J'ouvre la pochette souple qui renferme le plug anal. Le docteur Daneth dit que certains humains réagissent particulièrement bien lorsque cet appareil est associé à une fessée, et j'ai bien l'intention de le découvrir.

Je me dirige vers l'aérosofa et m'assieds avec la sangle et le plug.

— Viens te mettre ici et garde ta robe relevée.

Elle obéit et j'en ai presque le souffle coupé tant elle est désirable. Sa culotte remonte haut sur ses cuisses et couvre à peine son intimité.

Ses yeux s'écarquillent lorsqu'elle aperçoit le plug argenté briller dans la lumière, et elle se met à cligner rapidement des yeux.

— Approche-toi, Sia, dis-je dans un grognement sourd.

Je l'attrape par la taille et la rapproche, jusqu'à ce

qu'elle soit juste devant moi. Je sens qu'elle est excitée et je sais que si je touche son entrejambe, elle sera mouillée. Elle ne sait certainement pas pourquoi.

Bordix, je dois rester prudent.

— Viens sur mes genoux.

Elle laisse entendre un petit gémissement, mais ne résiste pas lorsque je l'attire sur mes cuisses tout en gardant sa robe drapée sur son dos afin de me présenter son fessier.

— As-tu déjà reçu une fessée ?

Je frotte ma main sur sa peau. Sa croupe est parfaite, comme le reste de son corps tonique, doux et lisse.

— Non, Maître, répond-elle à voix basse.

Je continue le geste de ma main, doucement, lentement, et elle me répond en poussant son fessier contre ma main.

— T'a-t-on déjà demandé de présenter ton corps à ton maître de cette façon ?

— Non.

Sa voix est un peu plus haletante.

— Jamais.

— Habitue-toi, lui dis-je. Je te le demanderai chaque fois que j'en aurais envie.

Elle gémit.

Je prends mon temps et passe ma main sur sa culotte, puis glisse mes doigts en dessous pour toucher la peau cachée par le petit bout de soie.

— Écarte encore un peu les cuisses, ordonné-je.

Elle s'exécute sans poser de questions. Je glisse mes doigts plus bas, sur la partie de sa culotte qui recouvre son petit orifice et appuie même un peu dessus pour que le tissu s'y enfonce.

Elle pousse un couinement, mais relève son fessier.

Bordix, elle aime ça autant que moi... du moins jusqu'à

présent. J'enfonce à nouveau mon doigt, un peu plus loin, pour faire davantage pénétrer le tissu. Je glisse ensuite mes doigts le long de sa culotte. Comme je le pensais, elle est trempée.

— T'a-t-on déjà touchée ici ?

Je me penche et chuchote tout en faisant glisser mon doigt de haut en bas sur la petite bande de tissu humide.

— Où ça ?

Je tapote son clitoris.

— Non, répond-elle d'une voix rêveuse avant de bouger ses cuisses. Oh, s'il vous plaît. J'en veux encore.

Je frotte si doucement que je la touche à peine.

Elle répond instantanément par un gémissement et pousse ses hanches contre ma main.

— Non.

Je déplace mes doigts.

— Tu ne dois pas bouger, Sia. Tes hanches doivent rester complètement immobiles.

— Oui, Maître, dit-elle dans un souffle.

Je remets mon doigt sur son bouton de rose.

— Tu aimes ça ?

— Oui, oui, répond-elle alors que sa respiration s'accélère. Oh, Douce Terre Mère.

Elle pousse à nouveau ses hanches.

— T'ai-je dit de bouger ?

— Je suis désolée, je ne peux pas, c'est juste... c'est si bon.

Elle remue à nouveau sur mes genoux, et je constate que la gêne qu'elle avait à soulever sa robe a disparu depuis longtemps. Mais malheureusement pour elle, et pour moi, cette séance ne va pas se terminer par du sexe.

Je prends la sangle d'une main et tire sur sa culotte de l'autre afin qu'elle s'enfonce un peu plus dans la raie de ses fesses. Je tire encore pour la tendre davantage, jusqu'à la faire gémir.

— Maintenant que tu es échauffée, lui dis-je, voyons si tu aimes la fessée.

— Mais..., commence-t-elle, confuse. Vous me touchez.

Elle essaie de se retourner.

— Correction : Je te *touchais*. Maintenant, je vais te fouetter.

Je la réoriente doucement de ma main libre.

— Reste dans cette position.

Je lève la lanière.

— Ça va faire mal, préviens-je. Car il s'agit d'une punition. Et j'attends de toi que tu restes sur mes genoux et que tu gardes les mains baissées, Sia. Est-ce que c'est clair ?

Elle se crispe. Je pose une main sur le bas de son dos.

— Détends ce joli cul, lui dis-je.

Je laisse tomber la lanière et frotte doucement sa peau jusqu'à ce qu'elle le fasse, puis je ramasse l'objet.

— Vingt, lui dis-je, et avant qu'elle n'ait le temps de comprendre le mot, je lève la petite lanière de cuir et la fouette fermement sur les deux fesses.

— Aïe ! crie-t-elle en secouant son corps et en me donnant des coups de pied dans les jambes.

— Chut, ce n'était que le début. Je vais y aller progressivement.

Je lève à nouveau la sangle. Clac ! Ce coup-ci est un peu plus fort, et laisse derrière lui une rayure rouge vif sur ses fesses.

— Daven, aïe !

Elle se trémousse à nouveau.

— C'est *maître*, et ces deux-là ne comptent pas parce que tu as bougé. On recommence. Ne bouge pas, baisse les mains, ne donne pas de coups de pied, lui ordonné-je.

— Je suis désolée, j'ai juste... Ahhh !

Elle hurle à nouveau alors que j'abaisse la sangle, cette fois-ci en me concentrant sur sa fesse droite.

Elle me donne encore un coup de pied.

— Et en voilà une autre qui ne compte pas. On va réessayer.

J'abats la lanière plusieurs fois en modérant ma force et en alternant entre chacune de ses fesses.

Elle pousse un cri et tend les bras en arrière.

— Aïe !

— Retire tes mains, Sia. Je ne vais pas t'attacher car tu dois apprendre à te contrôler.

— Mais ça fait mal ! rétorque-t-elle manifestement surprise.

— Je te l'avais dit.

Je me souris à moi-même.

Elle frotte ses cuisses l'une contre l'autre et je vois qu'elle est encore plus mouillée qu'avant.

— Mieux tu te comporteras, moins tu auras de fessées. Si tu t'obstines à me tenir tête, tu en auras en quantité. C'est toi qui choisis.

Je la fouette une fois, deux fois, trois fois. Puis je continue jusqu'à une dizaine ou une quinzaine de fessées plus tard, en alternant les coups durs et les plus légers.

Elle couine, se trémousse et recule encore.

D'un petit bruit, je lui fais comprendre ma désapprobation.

— Oh, Sia. Aucune de ces fessées n'a compté, et il te reste encore vingt fessées sévères à recevoir. Si tu n'écoutes pas, tu vas avoir très mal aux fesses demain.

Elle aspire une bouffée d'air.

Ses fesses sont déjà roses et marquées de quelques rayures rouges. Apparemment, sa peau a tendance à rougir vite. Je sais que je ne frappe pas assez fort pour l'abîmer, et je veux atteindre le stade ténu de la juste punition.

— Dis-moi que tu es désolée, exigé-je. Et que tu seras obéissante pendant que je te fouette.

— Je suis désolée, Maître, parvient-elle à dire en essayant de se ressaisir. Je serai obéissante... pendant que vous... me fouettez.

— Avec la lanière à fessées, ajouté-je.

— Avec la lanière à fessées, répète-t-elle. Maître.

— Bien. Maintenant, nous allons compter jusqu'à vingt. Reste tranquille sur mes genoux.

Je lève la lanière puis fouette vivement. Le claquement résonne autour de nous et Sia aspire comme elle peut un souffle, mais ne bouge pas.

— C'est bien. C'était la première.

Je lui donne une nouvelle fessée, un peu plus forte.

— Ça fait deux.

Je m'arrête pour la faire patienter. Elle se trémousse.

— Ça fait mal, dit-elle d'une voix haletante.

Je la fais attendre, puis j'abaisse la lanière sur ses cuisses à plusieurs reprises avant de revenir à ses fesses.

Lorsque le décompte arrive à vingt, elle remue et peine à rester sur mes genoux, mais elle ne se retourne pas tout de suite.

Je meurs d'envie de poursuivre. Je veux enlever sa culotte et la fouetter jusqu'à ce qu'elle me supplie d'arrêter, jusqu'à ce qu'elle me promette tout et n'importe quoi, qu'elle jure de me gratifier de deux fellations par rotation, et de me laisser me faire plaisir avec son corps dès lors que je le lui demanderai... Mais cela devra attendre. Je vais quand même m'amuser un peu avec cette jolie croupe.

— Bonne petite humaine, dis-je en lui frottant les fesses.

Tu as très bien supporté cette partie de ta punition. Je suis fier de toi.

Je frotte en ronds mes deux mains pour apaiser sa peau jusqu'à ce qu'elle se laisse aller sur mes genoux et commence à ouvrir ses cuisses à nouveau tout en me disant qu'elle en veut plus.

— Maintenant, je veux que tu descendes ta culotte jusqu'à mi-cuisses, lui dis-je.

— Pourquoi ? demande-t-elle, immédiatement inquiète.

Je la frappe à nouveau avec la lanière, assez vigoureusement.

— Ton rôle est d'obéir, pas de poser des questions.

Je lui donne fessée sur fessée, dont deux plutôt conséquentes.

— Baisse ta culotte ou tu en auras dix de plus.

— Je suis désolée !

Elle se démène sans élégance, mais parvient à la baisser. Je suis tellement excité par ce spectacle de la voir retirer son dessous de la raie de ses fesses et de son intimité que j'ai du mal à me contrôler.

Je la replace sur mes genoux.

— Ceci, lui dis-je en prenant l'objet argenté, est un plug anal.

— Un quoi ? demande-t-elle d'un air effrayé.

J'appuie sur le bouton bleu situé à l'extrémité de l'appareil argenté et un gel lisse et transparent s'écoule de la pointe. Je frotte tout autour de l'appareil, puis j'appuie à nouveau sur le bouton, de sorte que quelques gouttes tombent sur son orifice.

Elle couine.

J'appuie sur le bout de l'appareil juste à l'entrée de son orifice.

— Je vais enfoncer le plug dans ton vilain cul, Sia, lui

dis-je. Ensuite, tu devras le retenir pendant que je te donnerai une nouvelle fessée.

Tout en parlant, je commence à pousser lentement l'appareil.

Elle se crispe immédiatement.

— Arrête, protesté-je en lui tapant la fesse. Fais-moi place, Sia. Tu me feras place chaque fois que je te le demanderai.

— Oui, Maître, marmonne-t-elle d'une voix étouffée contre ma jambe.

Elle reprend son souffle et se détend.

— Bonne petite humaine.

Je lui caresse les cheveux, puis pose ma main sur son joli derrière.

— Je vais l'enfoncer lentement pendant que tu me diras comment tu vas obéir, compris ?

Elle acquiesce. Je peux pratiquement voir son visage rougir. J'ai le sourire car l'entraînement de cette jolie humaine est un véritable plaisir.

J'insère un peu le plug, et elle couine et se trémousse. Elle doit certainement ressentir la chaleur des huiles que le Dr Daven a infusées dans le gel.

— Sia, commence à parler. Dis-moi à quel point tu vas être bonne pour moi, ordonné-je en la tenant fermement.

Je l'enfonce davantage, et elle halète lorsque ses muscles tendus sont forcés de se dilater pour supporter la taille du plug.

— S'il vous plaît, Maître. Je serai bonne, parvient-elle à dire. Ahh ! Oh, Daven.

Je lui donne une fessée.

— Et ?

Je l'enfonce d'un centimètre supplémentaire et je me délecte de son corps remuant au gré des nouvelles sensations qui la submergent. Je sais que ce n'est pas trop douloureux, mais c'est sûrement loin de tout ce qu'elle a connu auparavant, tant cela doit la réchauffer de l'intérieur.

— Je t'obéirai et je serai honnête. Je te le promets !

Elle couine alors que j'enfonce complètement le plug tout en le tournant.

— Tu as intérêt, l'avertis-je en lui donnant une fessée sur ses deux fesses rondes. Parce que ce plug peut s'étendre et tourner, Sia. Et il peut laisser s'écouler davantage de gel chauffant qui donnera à ton joli derrière l'impression de brûler de l'intérieur.

Elle gémit, mais je sens que son excitation grimpe soudain en flèche.

— Tu aimes ça, douce humaine. Et c'est bien parce que j'ai l'intention de te faire ça... souvent, ricané-je.

Un petit cri sans défense lui échappe et elle remue à nouveau. Je lui donne une nouvelle fessée, juste parce que j'en ai la possibilité.

— Maintenant, nous allons reprendre notre conversation, lui dis-je. Reviens directement là où tu m'as menti, on reprend à partir de là.

Chapitre Six

S *ia*

— Mais je n'ai pas menti.

Je sais qu'il ne me croit pas. Je n'y crois pas moi-même et ma voix est tout sauf convaincante.

Le plug que j'ai en moi me lance et me fait mal, mais il me réchauffe aussi, si bien que l'étincelle diabolique entre mes cuisses croît de façon exponentielle chaque fois qu'il fait quelque chose de brutal et d'invasif. C'est comme si mon corps était fait pour ça.

— Oh, Sia, dit-il d'une voix presque chantante. C'est désolant que tu me mentes. Je t'avais prévenue.

Il touche le plug.

— Tu es prête à corriger ton histoire ?

Je me mords la lèvre.

— Quoi... oooooh.

Le plug vibre dans mon orifice et cela se répercute dans tout mon ventre.

— Daven ! dis-je d'une voix aiguë et pleine de désir.

Je décale mes cuisses en les ouvrant légèrement.

— J'ai envie… j'ai envie.

— Ce dont tu as envie, reprend-il en me frappant les fesses, c'est de me raconter ce souvenir. Celui que tu as prétendu avoir perdu.

Il claque des doigts.

— Maintenant.

— Je…, dis-je haletante. C'est…

Le souvenir surgit à nouveau dans mon esprit, mais cette fois les couleurs sont toutes présentes.

— *Est-elle bien attachée ?*

— *Bien sûr. Prête pour d'autres tests, commandant.*

La pièce est blanche et éclairée par des lumières rondes bien trop lumineuses au-dessus de ma tête. Je ne veux pas participer à cette expérience, mais nous, les esclaves d'Ocretia, n'avons pas le choix. Nous obéissons dignement ou nous souffrons.

— *Le projet Alpha est la clé de voûte de notre avenir concernant…*

— Parle, Sia.

Daven tape à nouveau sur le plug, et la belle vibration prend fin. Le plug grossit soudain à un point tel que cela ne m'amuse plus vraiment.

— Ahhh.

Je grimace.

— Sia.

Sa voix est aussi dure que de la roche.

Le plug n'est plus frais comme un peu plus tôt. En réalité, il est chaud et… mon derrière est en feu !

— Ahh, Daven !

Je me penche en arrière pour essayer de le retirer.

— Ça brûle !

Je sens un sourire dans le ton de sa voix.

— Il ne te fera pas de mal, petite humaine, mais l'extrait botanique qu'il dégage peut-être assez... piquant. C'est du moins ce que j'ai entendu dire. Je n'en ai jamais porté.

— Enlevez-le !

Je suis un peu paniquée et en colère. Mais il me tient fermement.

— On fait les choses à ma façon, Sia.

Il me donne à nouveau une fessée, puis deux.

— Et cela signifie que tu porteras le plug sur ce réglage jusqu'à ce que tu choisisses de me dire la vérité. Tu peux me faire confiance, petite humaine. Tu te rendras compte que c'est sans danger. Mais c'est à toi de choisir le moment où tu le feras.

— Mais ça fait mal ! dis-je en gémissant.

Tout cela me dépasse. Mes souvenirs sont peut-être en pagaille, mais je sais que je n'aurais jamais remis en question les ordres de mon maître. Quelque chose chez ce Zandian me met suffisamment à l'aise pour que je montre mon mécontentement.

— Cela prendra fin dès que tu me diras ce que je veux savoir. Imagine la chance que tu as. Certains maîtres font porter à leurs femmes humaines le plug sur ce réglage pendant toute une matinée. Ça te plairait ?

— Non !

Je m'empresse de lui répondre même si une partie de mon cerveau, étrange et profonde, se demande si ce n'est pas si mal après tout.

Je préférerais qu'il le refasse vibrer, ou bien qu'il me touche. *Terre Mère*, je veux ses doigts sur mon corps. J'ai confiance en lui pour qu'il me fasse du bien.

— D'accord, je vais vous le dire !

Il dit que je peux lui faire confiance, et à ce moment précis, je le crois.

— S'il vous plaît. Bien...

J'hésite puis commence :

— J'étais dans un laboratoire et j'étais ligotée. Ils allaient me faire quelque chose.

La peur commence à tourbillonner dans ma poitrine.

— Je ne sais pas quoi, je le jure, je ne parviens pas à m'en souvenir. Mais ils ont parlé d'un projet.

Je déglutis alors que la bile me monte à la gorge. *Ne parle pas du travail.*

— Daven, à l'aide !

Tout mon corps se raidit sous l'effet de la panique.

— Je ne suis pas censée le dire, vraiment pas, sous aucun prétexte ! hurlé-je.

Il réagit de suite.

— Sia, chut, c'est bon, c'est bon.

Ses doigts éteignent rapidement le plug et le retirent en quelques secondes.

— C'est bon.

Soudain, je suis dans ses bras, le visage pressé contre sa poitrine, en train de sangloter.

— Non, ça ne va pas. Ils vont me faire du mal si je le dis.

— Non, ma douce, ça n'arrivera pas. Tu es en sécurité ici, tu n'y retourneras jamais. Je te le promets.

Sa voix est dure, mais cela ne m'est pas destiné. À cet instant, je ne ressens que son désir de me protéger.

— Tu peux me le dire. Ça ne fera qu'améliorer les choses ici, Sia.

— D... d'accord, dis-je avant de prendre une profonde inspiration. C'est comme si ma bouche n'arrivait pas à faire sortir les mots.

Il me caresse le dos et attend.

— Contente-toi d'essayer.

Je prends une autre inspiration et je sors la chose avant que mon esprit n'ait le temps de comprendre ce que je suis en train de faire.

— Ils l'appellent Projet Alpha, et je suis un Projet Alpha, et je suis un sujet expérimental, et c'est top secret, et ces deux Ocretions nous ont pris par erreur, et ils, ils s'en sont rendu compte, et ils ont pensé qu'ils devraient peut-être nous tuer ou le cacher ou quelque chose comme ça, et ils m'ont battu quand nous sommes arrivées sur cette planète, ils étaient furieux et pensaient que nous nous étions faufilées dans leur vaisseau, mais pourquoi aurions-nous fait ça...

Je respire trop vite.

— Je ne sais rien d'autre, tout a disparu.

— Bon travail, dit Daven en me caressant l'épaule. C'était excellent, Sia. Merci de me l'avoir dit.

Il relève mon menton et croise mon regard. L'expression de son beau visage est sévère, mais lorsqu'il sourit, tout mon corps se réchauffe.

— Bien joué.

Je me sens étrangement fière et je baisse la tête.

— Je n'ai fait que dire quelque chose.

— Tu te souviens de quelque chose de plus ? Qu'est-ce que le Projet Alpha ?

Il reste calme, mais je sens son impatience dans ses mots.

— As-tu la moindre idée de ce que les Ocretions préparent avec les Karrans ?

Je secoue la tête.

— Désolée, je n'en ai aucune idée.

Pour le moment, c'est exact. Dans mon crâne, toutes

mes pensées bondissent et se mélangent, et la sensation la plus étrange se mêlant à tout cela, reste celle d'avoir quelque chose de presque vivant et bourdonnant à l'intérieur de ma tête. *Terre Mère*, mais que faire ? Puis tout s'estompe.

Mais le pire n'est pas arrivé ! J'ai parlé du Projet Alpha, j'ai même prononcé les mots, et rien ne s'est passé. Je suis tellement soulagée que je ne me préoccupe même pas des sensations étranges dans ma tête. Peut-être que tout va bien se passer malgré tout.

Il relève à nouveau ma tête et nos regards se croisent quelques secondes. Il acquiesce.

— Très bien. Mais quand tu te souviendras de quelque chose d'autre, tu me le diras, d'accord ? demande-t-il en fronçant les sourcils, sinon la punition sera plus conséquente. Plus approfondie.

Il sourit et soudain, les élans de désir reviennent de plein fouet, écrasant et dissolvant toute peur ou angoisse résiduelle provoquée par cet affreux souvenir.

Je me force à faire preuve de tout mon courage :

— J'ai l'impression de mériter une récompense. Pour m'être bien comportée. N'êtes-vous pas d'accord, Maître ?

Je remue sur ses genoux. Maintenant que je ne suis plus sous le coup de l'émotion, je parviens à sentir qu'une partie de son corps est dure comme de la pierre sous mes cuisses. Cela semble être une partie très intéressante. Il laisse entendre un petit gémissement et, ravie de l'avoir entendu, je tente de nouveau :

— Vous aimez ça, Maître ?

Est-ce bien ma voix, sulfureuse et lascive ? Peut-être même taquine ? Mais *Terre Mère*, d'où vient cette voix ?

Je n'ai pas la réponse, mais j'en fais bon usage.

— J'ai l'impression que nous avons des choses à résoudre.

Il grogne et m'attrape, et ses mains tendres deviennent vigoureuses en l'espace d'un instant.

— Tu penses que tu mérites une récompense, n'est-ce pas ? demande-t-il en riant. Oh, douce humaine, tu n'as même pas la moindre idée de ce que tu vas devoir faire pour mériter ta délivrance.

— Alors apprenez-moi, murmuré-je d'une voix rauque et sauvage. Daven.

Je lève le regard vers ces yeux magnifiques, vers son visage, et constate que ses cornes sont rigides et dures. Envoûtée, je tends la main et enroule mes doigts autour de l'une d'entre elles. Tout son corps se crispe, et je vois qu'il aime ça, mais il m'attrape la main.

— Ne. Touche. Pas. Sans. Permission, s'exclame-t-il, mais il éloigne doucement ma main. Compris ?

— Oui, Maître, dis-je, puis je me décale tant l'envie qui règne entre mes cuisses ne peut plus être ignorée. Pourquoi pas ?

— Mes cornes sont... sensibles, explique-t-il en s'éclaircissant la gorge. Quand il sera temps pour toi de les toucher, je te le ferai savoir.

Sa voix gronde et me chamboule.

— Mais puisque tu m'as fait plaisir, nous allons voir si tu aimes ça.

Il se penche sur moi et m'écarte les jambes.

— On t'a déjà touchée ici, Sia ?

— Non.

Je saisis sa main, sans trop savoir si je souhaite la pousser plus loin et plus fort contre mon corps, ou si je préfère céder à la timidité et la retenir.

— Qu'est-ce que j'ai dit à propos des attouchements ?

Il me saisit la gorge d'une poigne ferme.

Je sursaute. Ça ne fait pas mal, mais je lâche immédiatement prise.

— Vous avez dit de ne pas le faire.

— C'est exact, me dit-il. Pour l'instant, tu gardes tes mains pour toi. Si tu les saisis encore, tu seras de nouveau sur mes genoux pour vingt autres coups de sangle.

J'aspire une bouffée d'air.

— Oui, Maître.

Il me positionne de façon à ce que mon dos soit contre sa poitrine et écarte mes jambes, une sur chacune de ses larges cuisses. Je sens l'air frais de la pièce sur mon entre-jambe et frissonne d'impatience.

— Tu as envie de quelque chose, hein ? demande-t-il en passant un doigt sur mon sein. Voyons si nous pouvons trouver ce que c'est exactement.

Le téton raidit et je remue en déplaçant mes hanches vers le haut. Il joue et me taquine jusqu'à ce que je gémisse sous ses soins. Je n'ai plus envie de repousser ses mains, pas même un tout petit peu. Je les veux sur moi, partout. *Maintenant.*

Il rit.

— Je crois que tu aimes ça.

Il pince doucement, puis plus fort, jusqu'à ce que je gémisse.

— Et ça.

Il effleure le bout raidit avec son ongle.

— *Bordix*, tu es si sensible. Je pense que je pourrais te faire jouir rien qu'en faisant... ça.

Il touche à nouveau le téton et le presse jusqu'à ce que je ressente une explosion de douleur. Je déteste ça... et pourtant j'adore ça. Il recommence, puis encore une fois.

Je crie, je me cambre, des étincelles de plaisir se

répandent dans mon corps. Cela ne fait que s'intensifier, c'est une sensation incroyable.

— S'il vous plaît, haleté-je sans savoir ce que je souhaite qu'il me fasse.

— S'il vous plaît quoi ? demande-t-il alors qu'il me taquine désormais les deux tétons de ses doigts puissants. S'il vous plaît, pincez mes tétons, Maître ? Pour qu'ils me fassent mal ?

Je le répète rapidement.

— S'il vous plaît, Maître, pincez mes... tétons.

Je suis gênée de dire cela, mais j'ai envie qu'il continue.

— Faites-moi mal.

Mais ça ne fait pas mal, pas vraiment. C'est une douleur saine et bénéfique qui ne fait que stimuler le plaisir. C'est aussi incroyable qu'insaisissable.

— Bonne humaine, murmure-t-il. Et peut-être que tu aimerais ça aussi ?

Il passe ses mains sur mes hanches puis sur mon ventre. J'inspire fortement, et ses lèvres effleurent le côté de mon cou tandis que ses doigts dessinent des motifs sur ma peau. Son souffle embrase mon corps, si bien que j'ai l'impression que toute ma colonne vertébrale diffuse de délicieuses étincelles de haut en bas.

Je ne sais pas s'il me touche depuis quelques minutes ou depuis des heures, mais je n'en peux plus d'attendre. J'ai envie qu'il loge ses doigts dans un nouvel endroit que je n'ai jamais exploré auparavant.

Il semble le savoir.

— Et peut-être ici ?

Il effleure la partie de mon corps qui a envie de lui.

Je sanglote presque face à cette sensation sublime.

— *Par les étoiles*, Daven, là. S'il vous plaît, là. Oui. *Oh par les étoiles*. Ne vous arrêtez pas.

— Au cas où tu ne le saurais pas, murmure-t-il dans mon cou, Ceci...

Il fait tourner son doigt lentement tout autour.

— C'est ton clitoris. Et ici...

Il déplace son doigt le long de mon corps puis l'enfonce en moi.

— C'est ton sexe. Apprends ces mots, petite humaine. Tu vas demander ce que tu veux correctement.

— Oui, s'il vous plaît, touchez-moi là, sur le clitoris, gémis-je en me cambrant tout en cherchant ses doigts.

Son souffle m'embrase, tout comme ses doigts enchantés.

— À l'avenir, tu demanderas avec ta bouche, murmure-t-il. En me donnant un plaisir si intense que je n'aurai d'autre choix que de te passer dessus. Mais pour l'instant, cela suffira.

Il enfonce deux doigts dans mon corps et commence des va-et-vient auxquels je réponds instinctivement pour l'inciter à me toucher là où je brûle.

— La prochaine fois, tu attendras, dit-il d'une voix plus dure. Je vais te pousser à bout sans relâche, et je te punirai pour avoir joui trop tôt. Mais cette fois-ci, nous allons te laisser profiter librement.

Je ne sais même pas ce qu'il veut dire, et je m'en fiche en ce moment. Tout ce que je veux, c'est atteindre le sommet de mon plaisir. Je suis sur une vague, elle grossit et elle va s'écraser. Ses doigts bougent en moi. Un autre doigt caresse mon clitoris, et ensemble, ils mènent mon corps à se serrer de plus en plus fort, et je vais...

Je crie, et le monde entier explose dans une myriade de couleurs et d'éclats de plaisir, tandis que mon orgasme me traverse et me fait frissonner de plaisir pur.

Cela dure jusqu'à ce que je délire, puis m'effondre sur

lui alors que mon intimité humide subit des spasmes de bonheur me faisant frissonner. Je me dévoile totalement nue devant lui, complètement mouillée par mon excitation récente, et j'adore ça.

— Daven.

Je n'avais jamais rien ressenti de tel. Qui aurait cru que la vie pouvait receler de tels trésors pour une humble esclave comme moi ?

Mes joues se couvrent soudain de larmes, mais je ne suis pas triste : je suis plus heureuse que je ne l'aie jamais été.

— Daven, dis-je à nouveau, et je me presse contre son corps comme si c'était la seule chose que je pouvais faire.

Si en obéissant à ses ordres je pouvais me sentir bien et en sécurité, je le ferais volontiers à chaque seconde de chaque rotation.

— Merci, Maître.

* * *

Daven

Bordix, j'ai envie d'elle, plus que je n'ai jamais désiré une humaine. Je grogne tant j'ai envie de lui sauter dessus et d'enfoncer mon sexe en elle, de la chevaucher jusqu'à la remplir de mon sperme aux couleurs de l'arc-en-ciel. Mon érection est si dure qu'elle en est douloureuse, cependant, le moment n'est pas encore venu. Il faut qu'elle m'accorde sa confiance. Évidemment, son entraînement sera plus intense la prochaine fois, mais pour l'heure, elle doit se détendre. Je compte bien m'y prendre comme il se doit avec elle.

— Tu pleures ?

Des traces de larmes sur son visage m'extirpent de mon excitation à toute épreuve. Je touche une larme.

— Je t'ai fait mal ?

C'est peut-être ironique, mais il y a une différence entre la douleur que je veux causer et celle que je souhaite éviter. Nous, les Zandians, poussons nos humains jusqu'à ce que le plaisir et la douleur s'entremêlent, mais pas au-delà.

— Non, ce n'est pas ça. Ça m'a fait un peu mal, mais pas...

Elle rougit et semble intimidée.

— J'ai eu du plaisir, reprend-elle docilement. Je n'ai jamais... mon corps n'a jamais... je ne connaissais pas.

Je souris tout en sentant la fierté m'envahir. C'est absolument parfait. Elle est désormais ma femelle, son joli corps et son être entier m'appartiennent, et je suis à l'origine du premier orgasme de sa vie et des cris de jouissance qui allaient avec.

— Tu auras l'occasion de recommencer, lui garantis-je avant de l'avertir. Mais seulement lorsque je t'en donnerai l'ordre. C'est compris ?

— Euh, oui ?

Elle me regarde avec des yeux écarquillés.

Je n'avais pas prévu de faire ça, mais c'était très plaisant.

— Cet entrejambe m'appartient, grogné-je en tendant un doigt pour le lui enfoncer à nouveau. Et ça aussi.

J'effleure son clitoris. Son orgasme a exacerbé sa sensibilité, elle couine et remue les hanches. Je la repousse et caresse à nouveau son clitoris en la forçant à accepter.

— Tu n'as pas le droit de te toucher à moins que je ne t'accorde la permission de le faire.

C'est ainsi que cela doit se passer. Je finirai bientôt par obtenir les réponses que j'attends d'elle.

— Mais...

— Pas de mais. Garde les mains en arrière, Sia. Si je découvre que tu t'es touchée sans permission, tu seras punie. Durement punie. Ce que je t'ai fait durant la dernière rotation laissera un souvenir aussi doux qu'un murmure sur ta croupe. Je découvrirai ce que je cherche, car tu ne me mentiras plus jamais, n'est-ce pas ?

— Oui, Maître, répond-elle d'une voix aiguë qui laisse transparaitre combien elle a toujours envie de moi.

J'effleure son clitoris. Elle crie et se trémousse, mais elle ne peut pas s'échapper puisqu'elle est piégée contre moi.

— Et je te touche quand et où je veux, selon mon bon vouloir.

— Oui, Maître !

Elle crie tandis que je fais aller et venir mon doigt brutalement, puis plus doucement, juste pour la taquiner.

— Par exemple...

Je joue du bout de mon index, sans jamais faillir, jusqu'à ce qu'elle respire difficilement. Elle est encore plus mouillée qu'avant, et il me semble évident qu'elle me désire.

— Comme ça.

Je continue à la toucher, sans m'arrêter, jusqu'à ce qu'elle tremble et m'attrape l'avant-bras.

— Daven, plus fort, s'il vous plaît, plus fort.

Elle essaie de se caresser vivement contre la paume de ma main.

— Comme ça, s'il vous plaît, souffle-t-elle.

Je la retourne de suite et lui donne une bonne claque sur les fesses.

— Qu'est-ce que je t'ai dit ?

Surprise, elle se raidit, alors je la frappe encore.

— Détends-toi pour prendre ta fessée, Sia.

Je lui donne quelques fessées encore plus vigoureuses que celles qu'elle a reçues jusqu'ici.

Elle gémit et donne des coups de jambes. Ses fesses se sont parées d'un joli rose et les rayures laissées par la lanière se démarquent en lignes d'un rouge naissant. Cela ne laissera pas de marques dans le temps car je ne l'ai pas frappée assez fort. Je n'ai pas l'intention de lui faire ça, du moins pas maintenant, mais elle y aura droit dès demain, c'est certain.

— Daven ! Maître !

Elle éprouve le mélange de plaisir et de douleur que j'aime procurer à mes femelles. Cela les rend extrêmement dociles et décuple très nettement la puissance de leurs orgasmes. Elle va détester cette sensation, tout comme elle va aussi l'adorer et ne pourra plus s'en passer.

J'ai tellement envie d'elle que ma vision se brouille, mais je me force à faire en sorte que tout soit concentré sur elle cette fois-ci.

— Essayons ça, grogné-je en la déposant sur la couchette.

— Dévoile-toi, Sia.

Je lui écarte les cuisses, et elle est ravie de s'offrir puisqu'elle ancre ses talons dans les couvertures et se cambre comme si elle savait ce que je compte lui faire. Pourtant, lorsque je m'agenouille et que je pose ma bouche sur elle, elle crie et tremble, et je me vois obligé de lui saisir les cuisses pour qu'elle ne s'échappe pas. La seconde d'après, elle en redemande déjà et dirige son intimité vers mon visage en laissant échapper de petits bruits qui échouent à devenir des mots.

— C'est à moi, grogné-je en léchant ses replis intimes et en caressant son clitoris. Totalement à moi. C'est moi qui te donnerai du plaisir, Sia. Personne d'autre.

— Oui, Maître !

Elle est à peine cohérente. Son corps se met à trembler sous l'effet du plaisir.

— Ne jouis pas, ordonné-je. Retiens-toi.

Puis je fais tourner délibérément ma langue autour de son clitoris pour qu'elle peine à résister.

— Daven, gémit-elle. Je ne peux pas.

— Tu peux. Et tu le feras.

Je lui attrape un téton pour le pincer.

— Et ce sera un plaisir pour moi de t'apprendre.

Je la lèche à nouveau pendant de longues secondes jusqu'à ce qu'elle me supplie.

— Daven, je vous jure, j'essaie, mais ça vient, je ne peux pas ! désespère-t-elle.

Je sais que je suis un peu sadique, mais cela me fait plaisir de la torturer ainsi.

— Alors tu veux une autre fessée ? demandé-je en lui pinçant le téton plus fort. Si tu jouis trop tôt, je te punirai jusqu'à ce que tu en pleures, douce humaine. Et cela après que tu aies joui. Ce ne sera pas aussi amusant, tu sais.

— Je sais, mais je ne peux pas ! gémit-elle alors que tout son corps est tendu.

— Hmm, c'est un véritable dilemme on dirait ? dis-je d'une voix douce. Voyons comment tu vas le résoudre.

Je fais usage de tout mon talent pour la rendre quasiment folle, la poussant jusque dans ses retranchements, puis je me retire juste avant l'instant fatidique. Elle pense faire tout son possible pour se retenir, mais elle ignore que je l'assiste juste assez pour qu'elle atteigne le nirvana.

Finalement, je cède. Je la lèche jusqu'à ce que la sensation l'envahisse, puis j'exige :

— Jouis pour moi, Sia. *Maintenant.* Jouis sur ma langue, petite humaine.

Et elle s'exécute. Elle s'empare de son plaisir en poussant un cri et chevauche mon visage vigoureusement en répandant sa délicieuse moiteur sur ma bouche tandis que son corps tout entier convulse sous le coup de l'orgasme.

Lorsqu'elle revient à elle, elle bredouille quelque chose d'incompréhensible dans mon cou. Je la serre dans mes bras et, à ma grande surprise, elle s'endort que quelques minutes plus tard.

Ce n'est peut-être pas si étrange. Je viens de lui procurer les premiers orgasmes de sa vie, et je dois dire que c'était absolument divin.

Je l'observe un instant. Ses cheveux bouclés recouvrent ses épaules et ses fesses sont roses. Elle est d'une beauté cruelle. Je passe doucement mes doigts sur elle pour ne pas la déranger en me forçant à m'arrêter avant d'avoir envie de la réveiller et de tout recommencer. Je dépose sur elle une couverture de soie d'araignée.

Mais ma propre chair est assaillie par une envie qui me submerge et je ne peux plus attendre plus longtemps. Tout en la regardant dormir, je saisis ma verge douloureuse et me caresse avec force, gémissant de plaisir en pensant à la sensation délectable que je ressentirai lorsque je jouirai enfin dans son corps serré. Je pense à sa moiteur, à son parfum, à sa saveur. Mon orgasme est dur et puissant, si grisant que j'ai envie de rugir et de me jeter sur elle, de l'attraper fermement et de ne jamais la lâcher. *Ma petite humaine.*

Je repousse cette pensée en me nettoyant et en mettant des vêtements propres. Elle n'est pas vraiment à moi. Tout ceci est temporaire. Le roi Zander ne me l'a pas attribuée pour qu'elle soit ma compagne, il me l'a confiée pour des raisons professionnelles. Il est de mon devoir de me lier à elle et de faire en sorte qu'elle me fasse confiance, qu'elle me donne les informations dont nous avons tant besoin. Je ne sais pas ce qui se passera lorsqu'elle se souviendra de tout et que nous aurons informé le docteur Daneth et le roi Zander. De plus, je sais qu'elle me ment. Je ne peux pas lui faire confiance, même si mon attirance est irrémédiable, et je dois garder en tête qu'elle peut être un danger pour Zandia. Je refuse d'envisager de prendre pour compagne une humaine corrompue. Même si j'ai de suite eu l'impression de la connaître lors de notre première rencontre et qu'elle était faite pour moi, ce n'était que l'expression de mes hormones, ou quelque chose comme ça. Après tout, j'ai déjà fait de grosses erreurs, en accordant ma confiance à des êtres qui ne la méritaient pas. On ne m'y reprendra plus jamais. Autant je ne peux pas lui faire confiance pour le moment, autant je ne peux pas me faire confiance non plus. Espérons que cela me reste en tête.

Malgré tout, je suis excessivement repu, même si j'ai dû me faire plaisir seul. Je me surprends à siffloter en rangeant mon intérieur et en travaillant sur ma tablette où je garde précieusement chaque mot dont elle m'a fait part afin de pouvoir en informer immédiatement le roi. Et même en travaillant, je ne peux m'empêcher de jeter des coups d'œil vers elle de temps en temps pour m'assurer qu'elle est toujours bien installée, poussé par l'envie de contempler son visage si détendu alors qu'elle rêve.

Chapitre Sept

S *ia*

Je me réveille brusquement d'un sommeil troublé par des rêves curieux qui s'estompent néanmoins rapidement dès lors que je lève les yeux et vois Daven à l'autre bout de l'appartement, concentré sur un appareil qu'il tient dans ses mains. Ses larges épaules et ses muscles définis font grimper une certaine agitation en moi, et j'ai envie qu'il recommence ses prouesses de la veille.

— Bonjour, dis-je timidement.

— Sia.

Il se lève immédiatement et vient vers moi.

— Comment vas-tu ?

Il m'observe d'un œil vif.

— Tout va bien ? demande-t-il en haussant un sourcil.

— Oui, Maître. Je crois que oui.

Je m'étire et observe ses yeux se poser sur mon corps.

C'est lui le maître, mais il est clair que j'ai aussi un certain pouvoir. Je réitère mon étirement, simplement pour m'amuser à le voir me regarder.

Il m'attire contre son corps puis dépose un baiser sur ma tête, et j'en veux davantage. Il ne m'a toujours pas embrassée sur les lèvres. Je sais que cela se fait, du moins chez les êtres qui s'adonnent aux activités comme celles de Daven et moi hier. Ce n'est pas un souvenir, mais c'est quelque chose que je sais au plus profond de moi. Là d'où je viens, les esclaves comme moi ne s'accouplent pas et ne connaissent pas le plaisir. Mais nous en parlons entre nous ; certains d'entre nous ont vu des choses sur d'autres planètes ou chez d'autres propriétaires. Nous sommes plus instruits que nos maîtres Ocretions et en savons davantage que ce qu'ils voudraient.

— Tu dois manger.

Ce n'est pas une suggestion.

— Il faut que tu aies de l'énergie, et c'est bon pour aider ton cerveau à guérir.

Il fait un geste vers une table basse couverte de raisins, de baies mûres, et de produits que je ne reconnais pas.

Je meurs tellement de faim que je me jette sur le repas.

— Vous n'en voulez pas ?

Il secoue la tête.

— Je pourrais en manger pour goûter, mais pour l'instant, ça ira.

— Vous ratez quelque chose.

Je tends un raisin, je le mets sur ma langue et laisse le goût se disperser lorsque je l'écrase avec mes dents. J'aime ce nouveau jeu qui consiste à le taquiner.

Ses yeux brillent et je vois un muscle de sa mâchoire se contracter.

— Non, répond-il avec un sourire paresseux. Les choses

que j'aime vraiment, je ne les rate pas du tout. Et j'ai l'intention d'en avoir beaucoup.

Je rougis car je comprends clairement ce qu'il a en tête.

— Mais pour l'instant, je dois y aller.

Il fait un geste vers les grandes fenêtres, et il pourrait aussi bien vouloir dire qu'il part à la guerre, en mission, ou à une simple réunion.

— Je serai de retour à la fin de la rotation.

Il ne me donne aucun détail. Malgré nos moments de passion, il y a beaucoup de choses que nous gardons pour nous. Je ne sais toujours pas si je pourrai un jour lui confier mes secrets.

— Tu dois suivre mes ordres, me dit-il en me fixant du regard. Si d'autres souvenirs importants te reviennent, tu devras les enregistrer pour moi.

— Oui, Maître.

Je hoche la tête.

— Je le ferai.

Du moins, ceux que je peux partager en toute sécurité.

Il attend un moment, puis s'assied près de moi.

— Sia. Est-ce que tu apprécies le traitement des humains ici jusqu'à présent ? C'est mieux que ce que tu as connu jusqu'à présent ?

— Vous savez que c'est mieux. Bien mieux, dis-je d'une voix pleine d'honnêteté.

— Tes anciens propriétaires, les Ocretions, sont connus pour être cruels avec les humains. Nous ne sommes pas censés les accueillir, et encore moins en accueillir autant que nous en avons. Et s'accoupler avec eux, comme nous le faisons, avoir des petits... Nous pensons qu'ils préféreraient nous exterminer plutôt que de nous laisser continuer ainsi. C'est ouvertement contraire à leurs ordres. Ils pourraient considérer cela comme un manque ultime de respect et vouloir nous donner une bonne leçon, pour que tous les êtres de l'univers voient et sachent que les Ocretions ne toléreront pas un tel comportement.

— Je sais.

Cela me retourne le ventre. Je suis ici depuis bien peu de temps, et pourtant je vois déjà que tout ici est utopique. Je veux désespérément rester là, contribuer à cette société, appartenir à Daven.

— Donc, tout ce que tu sais sur leur organisation militaire, leurs projets expérimentaux, n'importe quoi... Même si tu ne penses pas que c'est lié ou important, cela pourrait nous aider à anticiper ce qu'ils manigancent. Nous pouvons seulement...

C'est curieux, mais pendant qu'il me parle, j'entends un bourdonnement dans ma tête semblable à un insecte. Sauf que le bruit vient bien de l'intérieur. Mes pensées se mélangent à nouveau comme elles le faisaient à bord du vaisseau, et soudain, c'est comme si je voyais ses mots inscrits sur une tablette, les sons deviennent des formes que je peux conserver dans ma mémoire et enregistrer sur l'implant *où mon maître les lira et découvrira ce que font les ennemis.*

— Ah !

Un éclair de douleur m'aveugle, et je me saisis les tempes.

— Aïe.

— Sia ? Qu'est-ce qu'il y a ?

Daven s'agenouille de manière à ce que son visage soit à la même hauteur que le mien.

— Qu'est-ce qu'il y a ? C'est ta blessure à la tête ?

— Je ne sais pas.

Je cligne des yeux pour contrer cette invasion soudaine

tandis que des taches lumineuses semblent danser devant moi.

— Je ne peux pas... Je ne sais pas. Ça fait tellement mal.

Je gémis, mais le son que j'entends est lointain, comme s'il provenait d'un endroit situé à des millions de kilomètres et dérivait jusqu'à moi telle une plume dans le vent. Je m'effondre.

Puis, aussi vite que cela a commencé, tout s'arrête. Mes idées sont claires et la douleur a disparu. Je penche la tête. Y avait-il des sons ? Ou peut-être des formes ? C'est enfin terminé, et tout ce que je vois, c'est le regard inquiet sur le sublime visage de Daven.

— Ça va. Je pense que ce sont mes blessures qui engendrent des effets secondaires.

Je ressens une vague gêne, comme si cela ne se limitait pas seulement à ça, mais comme auparavant, cette pensée s'évapore.

Il me regarde dans les yeux, marque une pause, puis acquiesce.

— Bien. Si cela se reproduit, contacte-moi.

Il désigne mon poignet auquel je porte une unité de communication.

— Tu n'as qu'à appuyer sur le bouton et tu pourras directement me parler, Sia.

J'acquiesce.

— Oui, Maître.

J'esquisse un léger sourire car mes maux de tête ont disparu, et parce que, comme le dit Daven, la vie ici est si douce que je compte bien en profiter autant que possible.

Puis... il sourit à son tour, laissant ses yeux parcourir mon corps de haut en bas.

— Ne te touche pas, cela me revient de droit. Pas même une seule fois.

Il attend que je lui réponde.

— *Oh.* Oui, Maître, dis-je en sentant mes joues brûler.

— Sois sage.

Sur ce, il s'en va.

* * *

Sia

Après le départ de Daven, je fais le tour de son intérieur, en essayant de ne pas me sentir prisonnière. J'ai une chance inouïe d'être ici, et *par les étoiles*, je le sais très bien. Pourtant, j'ai déjà pris mes aises avec cette toute nouvelle liberté, et mon âme avide en réclame davantage puisque j'ai désormais furieusement envie de mettre le nez dehors, de voir mes amies esclaves, de faire plus de choses.

J'appuie ma main sur la vitre en aplatissant les doigts.

Soudain, une autre image m'assaille, ou plutôt une série d'images qui s'enchaînent à la vitesse de l'éclair.

— *Ils préparent quelque chose. Intel dit qu'ils sont au moins une centaine sur leur planète, peut-être plus. C'est clairement contraire à nos ordres. Quel affront !*

Je me penche en avant, le souffle court, appuyée sur mes deux mains pour garder l'équilibre. La moiteur de mes paumes laisse une trace sur la vitre tandis que d'autres souvenirs encore plus terribles me reviennent en mémoire.

— *Elle est en position. Prête pour l'insertion de la puce. À mon signal, docteur.*

— *Oui, docteur.*

— *Ce sera douloureux, mais la camisole de force l'empêchera de bouger. Elle doit rester éveillée pendant l'opération pour qu'on sache quand la puce sera placée au bon endroit.*

— *N'oublie pas, Sia, que ceux qui parlent d'Alpha 2 peuvent être condamnés à une semaine complète de coups de matraque électrique. Penses-tu que tu pourrais y survivre ? Il te faut peut-être quelques coups juste pour te rappeler ce que cela fait.*

Une douleur puissante me traverse tout le corps.

Je crie. Puis je m'effondre sur le sol, en sueur et prise de sanglots.

D'autres souvenirs me parviennent. Un Ocretion explique tout en nous désignant Flora, les autres, et moi :

— *Ce sont des sujets expérimentaux que nous gardons ici. L'émetteur ne fonctionnera qu'à « une certaine distance », et les puces ne sont pour le moment qu'à leur version 0. Ces sujets ne seront pas envoyés hors de notre planète.*

Puis il ajoute :

— *Les sujets du dernier lot d'Alpha sont morts les uns après les autres lorsque nous avons essayé de récupérer leurs souvenirs. Quelle chance d'avoir un vivier sans limite pour mener à bien nos expériences.*

Il y a des rires, forts et bruyants.

Voilà ce que je suis : un sujet expérimental, une sorte de cobaye de laboratoire. J'aurais donc une sorte de puce insérée dans le crâne ? Est-ce cela qui me donne mal à la tête et me fait perdre la mémoire ? Comment cela se fait-il que je ne parvienne pas à me souvenir davantage d'Alpha 2 ? Je ne suis qu'un objet programmé afin d'être trop effrayé pour appeler à l'aide. Mon cerveau est programmé pour avoir peur.

Je devrais le dire à Daven. Il pourra avertir le docteur, et peut-être qu'ils pourront trouver un moyen de me sauver !

Je me lève lentement et attrape un linge doux dans l'aire d'hygiène pour essuyer la sueur de mon visage. Je respire profondément pour me calmer et laisser la panique se dissiper. Daven peut m'aider.

Puis je réalise : *je ne peux pas le dire à Daven.*

Si je le disais, des choses affreuses pourraient m'arriver, tout comme à mes amies. Ce serait une sorte de trahison, envers moi-même et mon propre destin, mais aussi contre mes amies. Les Zandians nous mettraient sûrement à l'isolement, peut-être nous tueraient-ils, ou nous renverraient-ils dès lors qu'ils apprendraient l'existence de ces puces. Ce pourrait-il qu'il en soit autrement ? Ils seraient idiots de s'en priver. Sur Ocretia, toute menace a toujours été exterminée immédiatement, par simple précaution. Les Zandians agiront certainement de la même manière.

Si mes souvenirs sont exacts, la lecture des puces est encore très aléatoire. Je ne sais pas ce qui se passe d'autre dans ma tête, mais même si cela enregistre tout ce que je vois et entends, cela ne peut pas pour le moment être transmis aux Ocretions. Nos cerveaux-espions ne compromettent pas Zandia, du moins pour l'instant. Et pour le moment, je veux en savoir plus sur cette relation entre Daven et moi avant d'en dévoiler davantage. Puis-je vraiment lui faire confiance ? Ou ne suis-je qu'un objet pour lui aussi ? Un moyen de parvenir à ses fins ? Est-ce que me sacrifier pourrait les sauver ? Vais-je mourir, peu importe ce que je ferai ? J'ai besoin de temps pour appréhender la manière la plus enviable à suivre. Si seulement je pouvais parler à Flora. Quand Daven me permettra-t-il de la contacter ? Quand me fera-t-il confiance ?

Quand je pense à Daven, ma poitrine se serre. Ce secret, même temporaire, pourrait détruire le lien ténu que nous sommes en train d'établir. Mais je ne sais pas ce que les Zandians feraient de cette information si je leur en faisais part. Ils pourraient décréter que je suis une menace et toutes nous expulser immédiatement. Et après ? Nous renverraient-ils aux Ocretions ? Nous utiliseraient-ils comme monnaie d'échange ? Je ne peux tout simplement pas prendre ce risque. Je veux vivre ma vie, vivre une vie décente. Et je ne pense vraiment pas qu'attendre encore un peu puisse nuire à Zandia.

La rotation de la planète me semble bien lente, et je m'occupe comme je peux avec la tablette chiffrée que Daven m'a donnée et qui contient des informations sur Zandia, des hologrammes sur les humains qui semblent étonnamment fabuleux. Je regarde avec voracité jusqu'à tout visionner deux fois. J'ai hâte de rencontrer les humains qui vivent sur cette planète, et j'espère que Daven le permettra bientôt. Je ressens également un profond besoin de renouer avec mes amies humaines qui ont été sauvées en même temps que moi, et j'ai l'intention de présenter cette requête à Daven plus tard, quand je le reverrai.

Si je me souviens de plus en plus de mon passé et de ce qui s'est logé dans mon crâne, c'est sûrement le cas des autres aussi. Gardent-elles le secret tout comme moi ? C'est sûrement le cas de Flora, après tout, c'est mon souvenir d'elle m'implorant de garder le silence qui est resté dans mon esprit. Il suffirait que l'une d'entre nous parle pour que nous soyons obligées de tout révéler, que nous soyons prêtes à le faire ou non. Mais je ne peux rien faire pour l'instant, et ressasser les possibilités ne fait qu'accélérer mon rythme cardiaque, alors je regarde les hologrammes une troisième fois pour me distraire.

Après les avoir tous quasiment mémorisés, je regarde par la fenêtre et commence à me sentir agitée tandis que l'anxiété s'accroît à nouveau. Des pensées étranges surgissent aux abords de ma conscience, des images floues d'Ocretions et d'un laboratoire, mais je ne veux rien de tout cela. Je ne veux rien de tout cela, pas pour l'instant. J'ai clairement besoin d'en savoir davantage sur moi, d'autant plus que j'ai choisi de cacher cette partie de mon passé à Daven. Mais pour le moment, je pense que faire l'expérience de souvenirs plus profonds pourrait me détruire, et j'ai besoin de faire une pause.

Je ferme les yeux et concentre mon énergie au plus profond de moi pour essayer de refouler toutes ces images.

— Je suis sur Zandia maintenant. Je suis en sécurité, dis-je à voix haute.

En disant cela, je ressens une sensation soudaine d'enchaînement d'images effrénées dans ma tête. C'est indolore, mais puissant, et ce choc me provoque un sursaut. J'ai désormais la certitude que la puce enregistre ou transmet quelque chose. Est-ce un son ? Ou mes idées ? Serait-ce parce que j'ai prononcé le mot Zandia ?

— Stop !

Je craque, je m'attrape les tempes et les serre. Cela n'a aucun effet et la sensation ne me quitte pas, alors je ferme vigoureusement les yeux en contractant tous mes muscles, y compris les muscles intimes dont Daven s'est tant occupé, et soudain les pensées et les actions des puces cessent.

Lorsque je contracte à nouveau mon intimité, l'image que j'ai en tête s'estompe tandis que la sensation de picotement grandit entre mes cuisses.

Ai-je réussi ? Ai-je empêché la puce de fonctionner, ou s'est-elle arrêtée d'elle-même ?

Je n'ai aucun moyen de le savoir, alors je contracte à nouveau tout mon bas ventre car cette sensation est fantastique et que je préfère m'en régaler plutôt que de souffrir de l'absurdité de ce qui se passe dans mon cerveau.

Une fois de plus, les légers effluves d'un orgasme à venir taquinent doucement ma peau.

En reprenant mon souffle, je contracte mes parois internes pour tester. Les picotements augmentent. *Douce Terre Mère*, puis-je reproduire seule les mêmes sensations que celles que j'ai ressenties avec Daven ?

Je me précipite vers la couchette et m'allonge. Mes doigts se précipitent vers ma chair intime afin d'y déposer des caresses et de masser mon clitoris qui s'éveille sous mes soins.

Je me souviens de l'avertissement de Daven : « *Ne te touche pas, cela me revient de droit* », mais je ne m'arrête pas une seule seconde. Je veux éprouver cet élan libératoire, alors je continue à me caresser tout en apprenant à ajuster la pression du bout de mes doigts pour que la sensation s'amplifie et m'envahisse. Je trémousse mes hanches pour pousser contre ma main, puis je laisse échapper un cri de plaisir tout en forçant l'orgasme à atteindre son apogée.

Une fois satisfaite, je m'allonge le souffle court sur le tissu doux, en me délectant des sursauts que cela a laissés dans mon corps, puis j'essuie paresseusement une goutte de sueur sur mon front. *Par toutes les étoiles*, j'aurais pu faire ça à chaque rotation ! Certes, c'était loin d'être aussi incroyable que celui que m'a provoqué Daven, mais qui se plaindrait d'un plaisir gratuit ? Pas une pauvre, c'est certain.

Puis-je recommencer ?

Quelques minutes plus tard, tout en arrangeant mes vêtements et en me sentant épuisée de la meilleure façon possible, je me demande si Daven était sérieux quand il m'a ordonné de ne pas me toucher, tout comme je me demande quelle serait sa réaction s'il découvrait que je lui ai désobéi. Maintenant que j'ai pris du plaisir et que les sensations se sont estompées, je me retrouve à faire face à la réalité et l'idée que j'ai désobéi à mon maître qui m'est cher se dessine dans mon esprit. Je tiens à Daven. Je l'aime bien. Je veux qu'il soit satisfait de moi. Seulement... je n'avais jamais eu cette liberté ou ce plaisir auparavant.

J'envisage de me doucher dans le tube de lavage, au cas où il sentirait ou percevrait mon excitation, mais avant même que je puisse faire un geste, j'entends un bruit au niveau de la porte.

Oh, par toutes les étoiles.

Daven est de retour.

Chapitre Huit

D*aven*

Lorsque j'entre, Sia tourne sur elle-même, la main sur la bouche. Elle rougit et je sens immédiatement son excitation.

— Sia, dis-je d'une voix sévère. Tu t'es touchée ?

Pour dire vrai, cela m'amuse. J'adore qu'elle vienne tout juste de découvrir sa sexualité. J'aime aussi l'idée de pouvoir la punir car cela va nous rapprocher.

Elle secoue immédiatement la tête.

— Non, Maître.

Pourtant ses joues rougissantes ainsi que la senteur sucrée unique de ses fluides sur ses jolis doigts me confirment le contraire.

La petite humaine m'a désobéi, et ce à peine quelques heures seulement après le lui avoir interdit.

— Sia. Je sais ce que tu as fait. Admets-le.

Je lui lance un regard perçant.

Elle baisse les yeux et touche le col de son caftan soyeux.

— Je n'ai rien fait, euh, rien, Maître. J'ai juste regardé les hologrammes que vous m'avez laissés.

Elle lève les yeux et croise mon regard.

— Je vous l'assure, dit-elle alors que j'entends quasiment les battements de son cœur s'accélérer. Oui. J'ai seulement regardé les hologrammes !

Elle se mord la lèvre.

— Hum, c'est bon de vous revoir.

Bordix. C'est la petite humaine la plus malhonnête que j'ai jamais rencontrée. Et elle ne sait même pas comment s'y prendre pour mentir. Axe a raison de me conseiller de ne pas lui accorder ma confiance.

Je secoue la tête alors que mon amusement dérive vers la déception. Cette humaine ne nous ment-elle pas sur toute la ligne ? Les humaines sont-elles toutes nécessairement des menteuses ?

Néanmoins, je ressens une excitation sous-jacente à mon irritation. J'ai hâte de punir ma petite protégée parce que nous avons tous les deux extrêmement apprécié la dernière séance. On ne peut peut-être pas lui faire confiance, mais sa duplicité mise à part, il reste beaucoup de choses appréciables à faire avec elle tant qu'elle est sous ma protection. Par exemple, je meurs d'envie de sentir ses magnifiques lèvres roses envelopper ma verge.

— Sia.

Ma voix est rude.

— Si tu utilises cette jolie bouche pour mentir, autant que je t'apprenne à l'utiliser pour expier tes péchés. Immédiatement.

Elle écarquille les yeux.

— Maître ?

Manifestement, elle ne comprend pas ce que je veux dire.

Peu importe, elle ne restera pas confuse longtemps. Ce n'est pas très chronophage d'expliquer comment réaliser une fellation. Et *bordix*, je vais m'assurer de faire d'elle une experte.

— Ah, ma douce, je vois que tu n'es pas sûre de comprendre là où je veux en venir.

Je me rapproche.

Elle recule.

— Daven, je...

Ses paupières s'affolent tant elle s'inquiète.

— Mais tu vas comprendre sans tarder.

Je tends les mains et l'attrape.

Elle laisse entendre un petit cri aigu, mais se laisse faire dans mes bras lorsque je l'attire contre moi. Je suis sûr qu'elle sent à quel point mon sexe est dur pour elle. *Bordix*, mais cette petite femelle problématique m'excite comme aucune autre.

Maintenant qu'elle est collée comme ça à moi, ma méfiance s'évanouit. Comment puis-je m'y tenir alors que le désir monte autant en moi ?

D'une main, je pince un téton à travers le tissu fin de sa robe. Ce vêtement dissimule à peine son corps et sa chair se tend sous mes doigts. Tandis que je lui taquine le bout du sein, elle gémit et passe ses bras autour de ma taille pour toucher mon dos, puis mes fesses. C'est très bien. J'aime qu'elle soit suffisamment audacieuse pour explorer mon corps, et j'ai l'intention de la laisser faire beaucoup plus, bien que nous ayons d'abord quelque chose à accomplir.

— Sia, tes mensonges entraînent des conséquences non négociables, l'avertis-je en lui donnant une pichenette sur le mamelon.

Je ne peux qu'apprécier le fait qu'elle se trémousse et peine à reprendre son souffle dès lors qu'elle est près de moi. Elle est excitée rien qu'en sentant mes mains sur ses seins. J'ai hâte de voir jusqu'où mon talent pourra bien la mener.

— Mais je n'ai rien fait, proteste-t-elle à voix basse.

Pour toute réponse, je grogne, j'attrape le tissu de sa robe à deux mains et je la lui arrache tandis que l'écho du linge qui se déchire résonne dans la chambre.

Elle pousse un cri et tente de se couvrir, peut-être gênée par cette nudité soudaine et inattendue, mais je lui attrape les bras.

— Non. Laisse-moi voir. Tu es à moi, Sia. Ne touche à rien.

Je la pousse doucement jusqu'à ce qu'elle ait les mains le long du corps et j'observe ses jolies formes.

Je passe un doigt autour de son mamelon, le long de son sein, puis je taquine lentement le haut de ses cuisses.

— Daven, souffle-t-elle en fermant les yeux.

J'effleure son clitoris une seule fois et je constate qu'elle est très excitée. Bordix, je crois qu'elle va exploser si je la touche encore une fois. Mais je n'ai pas l'intention de faire ça, pas encore. Sia va donner de sa personne pour son plaisir lors de cette rotation. *De toute sa personne.*

— À genoux, ma jolie, dis-je en grognant alors que je prends appui sur le bord de la couchette.

Puis je me ravise : je suis trop grand pour cet angle de vue, et je veux en profiter pleinement.

— Changement de plan.

Je l'attrape et nous fais rouler tous les deux sur le

matelas moelleux. Je m'adosse à une pile de coussins et la place entre mes cuisses.

— On t'a appris à attendre ton plaisir, murmuré-je en lui caressant les cheveux.

Ses yeux lumineux sont grands ouverts, et elle s'humecte les lèvres rien qu'en regardant ma verge. *Bordix*, je crois qu'elle sait ce que je veux, et l'idée lui semble très appréciable.

— Alors maintenant, tu vas être obligée d'attendre. Trois fois, Sia. Tu vas me donner du plaisir trois fois avant de jouir une fois. La première fois, ce sera avec ta bouche.

— Mais je ne sais pas comment... dit-elle d'une voix qui s'évanouit à mesure qu'elle regarde nerveusement la taille de mon attribut.

Il est vrai que je suis particulièrement grand, même pour un Zandian.

— Tu vas apprendre.

Je lui tapote doucement la joue. J'ai hâte de sentir la sensation de sa bouche serrée sur ma verge.

— La deuxième fois, ce sera sur tes seins, et la troisième fois entre tes fesses.

— Attendez, m'interrompt-elle. Vous allez le faire... trois fois ? Avant que ce soit mon tour ?

Elle semble consternée et cela m'amuse. Serait-elle obsédée à l'idée d'avoir un orgasme maintenant ? J'adore ça.

— Mais... Daven, je ne pense pas pouvoir attendre aussi longtemps. Combien de temps cela va-t-il durer ? demande-t-elle en déglutissant. J'ai déjà envie de le faire, tout de suite.

Je ris.

— Je ne le sais pas encore, Sia. Peut-être que tu aurais dû y penser avant de laisser tes mains se balader lors de cette rotation.

Je saisis l'une de ses mains fines et si délicates, et j'embrasse le bout de ses doigts, puis suce son index.

— Et si je me souviens bien, lors de l'autre rotation de planète, tu semblais très demandeuse de me rendre la pareille après t'avoir léchée et provoqué un orgasme aussi sonore. C'est l'occasion ou jamais.

Elle halète et je sens que son intimité réagit. Elle est si réceptive, j'aime ça. Je veux qu'elle soit excitée tout le temps qu'elle me servira. De toute manière, mes punitions se doivent d'être aussi sexuelles qu'à visée disciplinaire.

— Nous, les Zandians, n'avons besoin que de peu de temps avant de pouvoir recommencer, lui dis-je en pensant la rassurer au moins un peu. Mais je ne vais pas te faciliter la tâche.

Je hausse un sourcil.

— Après tout, tu as désobéi délibérément.

— Et si je..., dit-elle en penchant la tête. Si je...

Ses tétons pointent et ses cuisses sont tendues.

— Si tu jouis avant que je ne le permette ? lui demandé-je en secouant la tête. Alors on recommence en ma faveur. Crois-moi, tu vas vouloir tenir le coup, ma jolie.

* * *

Sia

—Vas-y.

Les yeux marron pourpre de Daven sont devenus violets, et les cornes sur sa tête semblent aussi raides et épaisses que son sexe.

Je tends la main vers son attribut, mais il secoue légèrement la tête.

— Pas les mains. Juste ta bouche.

— Oui, Maître.

Je me penche timidement en avant en humidifiant mes lèvres avant de les ouvrir.

Le gland de Daven brille d'un fluide irisé aux couleurs de l'arc-en-ciel lorsque je passe un coup de langue dessus pour y goûter. Le goût, à la fois salé et sucré, me fait sursauter. Cela a un effet certain sur mon corps puisque j'ai l'impression d'avoir les idées plus légères.

Son attribut viril tout raide tressaille et pointe vers son visage en m'obligeant à le poursuivre avec ma bouche. Je saisis le gland entre mes lèvres, et en un coup de reins vers moi, il se retrouve complètement enfoui dans ma bouche.

Je fais tourner ma langue tout autour en suivant ses contours. Sa verge est épaisse, presque trop large pour être agréable en bouche, mais j'ouvre grand la mâchoire pour la faire glisser aussi loin que possible.

— Encore, m'ordonne-t-il alors que je me retire.

Je lève mon regard vers le sien. Son ton est acéré, mais il me caresse le côté de la tête de sa main, alors je sais qu'il n'est pas en colère.

J'essaie d'aller plus loin, mais j'échoue lorsque son sexe atteint le fond de ma gorge. Mon réflexe nauséeux me provoque un haut-le-cœur et je me retire. J'y retourne cependant, essayant à nouveau de le prendre profondément dans ma gorge. J'ai envie de lui faire plaisir, de gagner son approbation et de me libérer de ses mains habiles.

— C'est ça, ma jolie. Laisse-moi sentir ta langue, me dit-il.

Ses compliments m'échauffent et je fais bon usage de ma langue sur son sexe tout en le gobant aussi loin que possible.

— Maintenant, lèche mon gland.

J'obéis et prends tout mon temps pour lécher tout autour de son gland, le suçant doucement et passant ma langue sur son intimité suintante.

— Suce mes bourses.

Je dirige mon regard sous sa verge engorgée. C'est magnifique. Sa peau violette y est plus épaisse et striée. Je baisse la tête pour placer ma bouche sur une partie de ses bourses et aspire du bout des lèvres pour attirer une de ses bourses dans ma bouche.

Il gémit.

Je continue doucement, aspirant, relâchant, puis léchant tout autour. Je fais de même avec l'autre, puis je laisse glisser ma langue sur une longue ligne en remontant jusqu'à son gland.

— C'est bien.

Ses compliments parsèment ma tête et mes épaules de chaudes étincelles qui me réchauffent et me rendent rayonnante. Je lèche tout son sexe comme si je le peignais avec amour. Ma langue le parcourt vivement, mais avec légèreté, puis longuement et fermement. Je suce et lèche en partant de ses bourses en remontant jusqu'à sa verge puis je décide de faire l'inverse, afin de m'assurer que chaque centimètre de son corps se sent adoré.

Je n'ai jamais eu de maître que j'avais eu *envie* de satisfaire auparavant. J'ai toujours obéi par peur, ce qui est bien différent. J'ai envie que Daven éprouve une certaine satisfaction grâce à moi. Je veux qu'il sache que je fais de mon mieux même si je ne sais pas vraiment ce que je fais. Je désire son plaisir.

J'étudie donc la question, j'écoute ses réactions à chacun de mes mouvements, je fais de mon mieux pour lui plaire.

Lorsque je reprends sa verge en bouche jusque dans ma gorge, il me saisit la tête de la main et me guide de haut en bas en contrôlant mes mouvements. Je suis volontiers le rythme qu'il m'impose en prenant mon plaisir dans ses souffles avortés et dans ses mouvements devenant plus rudes et saccadés. Ses doigts se resserrent dans mes cheveux et il m'agrippe, puis il me force à me retirer tandis que des jets de fluide jaillissent de sa verge en déversant des arcs-en-ciel sur mes seins.

Je touche ce liquide, fascinée par la beauté des fluides, mais Daven s'exclame :

— N'y touche pas.

Surprise, je lève les yeux.

Ses lèvres s'arrondissent.

— J'en ai besoin pour ce qui va suivre.

Oh. Mon corps bourdonne, je suis humide pour lui.

Il descend de la couchette.

— Voilà pour la première partie, petite humaine, me dit-il avec un sourire chaleureux. Tu t'es très bien débrouillée.

— Merci, Maître.

Le fait qu'il ait aimé me remplit de joie. Je lèche son sperme sur mes lèvres et lui réponds par un sourire. Il a un goût frais et léger, très agréable. Son fluide ne me dérange pas du tout.

Sa main est chaude sur ma cuisse. C'est dans ces moments-là que j'ai l'impression que nos liens deviennent vraiment plus profonds, comme si ce genre d'émotion pouvait durer pour toujours. Bien sûr, nous débutons avec des fondations bancales à cause de mes mensonges incessants. Je me mords la lèvre alors que la culpabilité monte.

— Quelque chose ne va pas ?

Toujours aussi perspicace, il me touche le visage.

— Non.

Je me force à sourire, ce qui n'est pas franchement difficile, car après tout, je suis ravie d'être ici avec lui.

— J'attends juste mon tour.

Je lui adresse une mine renfrognée en lui donnant une petite tape moqueuse sur le bras.

— Vous êtes vilain.

En vérité, je trouve cela excitant de devoir attendre avant de me sentir libérée, d'autant plus que je suis à la fois anxieuse et impatiente de découvrir ce qu'il va me faire ensuite.

Il pousse un rire dont je trouve le son riche ravissant, et me rapproche de lui.

— Eh bien, commençons par...

Il s'interrompt lorsque son unité de communication sonne un carillon régulier.

— *Bordix*, il faut que je réponde.

Il paraît déçu en se levant et en allumant l'appareil.

— Daven à l'appareil. Oui, Maître Seke.

Il s'étire paresseusement tout en parlant dans l'appareil, et je suis fascinée par ses muscles puissants et sa forme svelte, toute en force et en fluidité.

Il pose son unité de communication et attrape ses vêtements.

— Sia, je suis désolé, mais je dois y aller. Nous continuerons cela...

Il hausse les sourcils

— ... plus tard. Je dois aller retrouver le maître d'armes.

— Puis-je venir ?

Ces mots m'échappèrent avant que je puisse y réfléchir à deux fois. Ma propre audace me surprend. Mon comportement hasardeux avec Daven est totalement inattendu. J'apprécie manifestement ma nouvelle liberté.

— J'aimerais vraiment aller quelque part.

Il fronce les sourcils, se demandant certainement si c'est une bonne idée, mais peut-être que l'orgasme récent parvient à adoucir son humeur parce qu'il me regarde et dit :

— Tu peux venir.

— D'accord ! Formidable ! Mais...

Je regarde ma poitrine et le tourbillon arc-en-ciel de ses fluides.

— Je... Daven ?

Il fronce les sourcils.

— Laisse-le. La robe le couvrira.

— Mais les Zandians ne sauront-ils pas que nous..., dis-je alors que mon visage rougit.

— Peut-être que si, répond-il en croisant les bras. Et ça ne me dérange pas qu'ils sachent que tu m'appartiens, ma jolie humaine.

Face à mon expression, il sourit.

— Je veux que tes seins soient recouverts de sperme, Sia, il nous faudra juste attendre encore un peu. Cela te rappellera que je suis ton maître. Aucun autre être ne le verra, mais je saurai que c'est là. Ça va te chatouiller un peu en séchant, et tu te souviendras de ce que j'ai fait. Et de ce qui suivra.

— Oui, Daven, dis-je dans un murmure alors que l'excitation grandit en moi et que j'en oublie presque totalement l'envie de voir le monde extérieur.

Mais il est clair que nos activités dans la chambre à coucher sont à l'arrêt momentanément, alors je me lève sur des genoux fragiles et attrape ma robe pour l'enfiler.

— Merci !

Je devine au renflement sous sa ceinture qu'il préférerait lui aussi rester ici, mais il se ressaisit vite et me prend la main.

— Nous allons faire une petite promenade jusqu'au

centre de commandement. Reste à mes côtés et ne parle à personne sans mon autorisation.

— Oui, Maître.

Le ton de sa voix trahit une certaine irritation et cela me surprend. J'oscille en un instant entre la reconnaissance absolue pour ce qui m'arrive, et la nécessité d'être enfin plus autonome !

Il me donne une fessée conséquente.

— Apprends à bien te comporter et à me dire la vérité, et tu gagneras ta liberté. N'oublie pas que chaque action a un coût ou t'apportera une récompense.

Je ne réponds pas, mais ses mots s'inscrivent dans mon esprit. Je le crois avec conviction. Mais trouver les bonnes actions revient à marcher dans un champ miné.

Il fait beau avec une brise légère, et je suis ravie de sortir comme un citoyen normal. Mais j'ai l'impression que les gens me regardent alors je me blottis contre Daven.

— Ils regardent vers nous ?

Un Zandian se retourne pour me regarder avec insistance, puis détourne le regard quand Daven émet un petit grognement.

Il acquiesce.

— Eh bien, ils sont curieux. Tout le monde sait que tu es nouvelle ici.

— Qu'est-ce qu'ils savent d'autre sur moi ? De nous ?

— Pas grand-chose, répond-il d'une voix très égale. Ils savent que tu m'as été affectée temporairement et que tu seras réaffectée plus tard. Alors cela va certainement attiser la curiosité de certains mâles à ton sujet. Comme celui-là.

— Oh.

Tous mes bons sentiments s'évanouissent. Je ne veux pas être réaffectée plus tard. En fait, cette simple idée me transperce tel un javelot dans la poitrine. Je veux être la femelle de Daven, comme ce que j'ai vu des humaines dans les hologrammes qu'il m'a laissé regarder. Je veux avoir des petits avec lui.

— Je vois.

— Mais ce ne sera pas pour tout de suite, ajoute-t-il. Alors, ne t'inquiète pas pour ça, Sia.

Sa voix est rude et il ne me regarde pas, bien que sa main se resserre sur la mienne.

— Pour l'instant, tu es à moi, c'est clair ? Il ne te touchera pas. Aucun être ne le fera.

— Oui, Maître.

Je me rappelle que même si j'apprécie énormément sa compagnie, il n'a absolument pas l'intention de me garder une fois que j'aurai tout révélé. Et je dois me tenir prête à ce qu'il m'abandonne.

— C'est très clair.

J'ai beau entrevoir la liberté, je reste une esclave. Je ne contrôle pas mon avenir, et mes expérimentations autour du sperme arc-en-ciel de Daven n'y changeront rien. C'est peut-être différent pour les Zandians, ils ne prennent peut-être pas ça autant à cœur. Je ne sais pas si je pourrais ressentir ça pour un autre Zandian.

Nous passons devant quelques bâtiments surmontés de dômes le long d'une place aux formes complexes, puis Daven me conduit jusqu'à l'édifice central au milieu de trois autres. Le dôme est brillant, doré, et reflète la lumière du soleil dans mes yeux.

— C'est beau, dis-je en indiquant vers le haut. On dirait des bijoux.

Il glousse.

— C'est vrai. Les Zandians tirent une grande partie de leur richesse de leurs cristaux, et nous aimons que nos maisons reflètent notre goût pour la géométrie et l'harmonie.

Il tend son hologramme de son poignet vers un lecteur situé sur le mur à l'extérieur de l'entrée ; une lumière verte s'allume et une porte s'ouvre.

— Daven. Bienvenue. Je vois que vous avez amené Sia.

Un guerrier plus âgé et manifestement autoritaire nous attend.

— Entrez.

Il nous indique quelques aérosièges.

— Je suis ravi qu'elle soit là aussi, car nous avons quelques questions concernant le docteur Daneth et ses séances de mémoire.

Je me raidis immédiatement.

— Des questions ?

Il lève la main.

— Je parle à votre maître. Attendez ici, s'il vous plaît.

Il ne s'agit clairement pas d'une proposition, je reste donc là, seule, à les regarder se parler à l'autre bout de la pièce tandis que leurs grosses bottes frottent sur le sol excessivement poli. Alors que je les regarde, la peau de ma poitrine commence à picoter. Je lève la main, puis la pose, le visage brûlant en me rappelant les paroles de Daven : *ça va chatouiller en séchant.* Le chatouillement s'intensifie, puis je commence à ressentir une envie entre mes cuisses. Douce Terre Mère, comment se fait-il que je sois si excitée rien qu'en pensant à Daven ?

Ils parlent à voix basses et je n'arrive pas à distinguer précisément ce qu'ils se disent, mais à mesure qu'ils s'approchent de moi, j'en saisis des bribes : « *... les Karrans sont en repérage...* » puis « *... tout s'est accentué dès que tu as ramené ces esclaves de cette planète.* » Ma tête bourdonne et je me raidis, mais heureusement la sensation s'estompe.

Daven revient au bout d'un moment.

— Sia, voici Maître Seke. Il va te demander quelque chose.

— Oui, dis-je en levant les yeux. Je ferai de mon mieux pour vous aider.

— Tout d'abord, je vous souhaite à nouveau la bienvenue dans ce dôme, et sachez que votre aide nous est précieuse.

Je baisse la tête.

— À quel sujet ?

— Vous vous donnez du mal pour enregistrer vos souvenirs, et les formules dont vous vous souvenez ont été transmises au docteur Daneth, et il était assez stupéfait. Il a dit que tout cela était parfaitement recevable scientifiquement parlant et qu'il allait synthétiser certains de ces composés pour réaliser des tests. C'est inouï que vous vous souveniez si précisément de la formule.

— J'ai juste que... je l'ai retenue.

Néanmoins, je suis sincèrement ravie qu'il trouve mes informations utiles, même si cela me rend également assez anxieuse. Ils semblent attendre de moi que je me souvienne d'autre chose avec autant de précision. De plus, ils aimeraient comprendre le pourquoi du comment, tout comme moi. Et comme je l'ai déjà bien compris, mon cerveau n'est pas sain, et cela a un lien avec la puce. Que se passera-t-il quand les Zandians le découvriront à leur tour ?

— Bon, passons à autre chose. Sia, il y avait trois autres esclaves humaines avec toi. Vous avez toutes des cicatrices à la tête, et à cet endroit, ce genre de cicatrices indiquent généralement une opération du cerveau. Peux-tu m'en parler ?

Mes yeux s'écarquillent.

— Hum. Ils ont pratiqué des opérations sur nous. Pour nous améliorer.

Terre Mère, voilà qu'ils me questionnent déjà !

— Comment ont-ils procédé ? demande-t-il avec un regard perçant.

— Je ne sais pas. Ils ne nous ont pas fait part des détails.

— Vous avez dit à Daven que vous faisiez partie d'une chose qui s'appelait…

Il regarde son unité holographique, mais je suis certaine qu'il n'en a pas besoin pour s'en souvenir. Il me semble très perspicace.

— Le Projet Alpha.

J'acquiesce, les nerfs à vif. Il sait clairement que je mens, j'en suis sûre.

— Oui, c'est le nom qu'ils nous ont donné.

Il se tourne vers Daven.

— Les scanners effectués par le docteur Daneth n'ont révélé aucune trace d'implants. Mais le docteur a émis l'hypothèse qu'il pourrait s'agir de nouvelles techniques de chirurgie cérébrale utilisant des matériaux se fondant plus finement au sein des tissus humains et rendant les puces presque indétectables avec notre technologie actuelle.

— Sia. Est-ce qu'ils t'ont dit qu'ils allaient t'implanter quelque chose ? demande Daven en me regardant.

Je fais appel à tout mon courage pour lui mentir.

— Je n'en ai aucun souvenir. Non.

Les deux guerriers échangent un regard dont la signification m'échappe.

— Tu es sûr ? reprend Maître Seke en haussant un sourcil. Tu dois nous le dire, Sia. Au même titre que tu as partagé les informations concernant le laboratoire et la formule.

— Je vous fais confiance. Mais non, dis-je d'une voix vive et haut perchée. Ils n'ont jamais mentionné un implant.

— D'accord.

Tous les deux me regardent. Leurs visages sont sombres et Daven est manifestement déçu. Je ressens une douleur dans la poitrine, j'ai bien failli lui dire la vérité. Mais je me retiens, je ne peux encore rien avouer.

Seke se tourne vers Daven.

— Oh, et Drayk m'a dit de vous rappeler que les techniciens ont intercepté bon nombre de communications interstellaires, et que la seule chose qui en était ressortie concernait une certaine planète Larew.

Alors qu'il parle, mon cerveau bourdonne à nouveau et je ressens cette sensation étrange. Mais cette fois, elle ne s'arrête pas.

Seke poursuit :

— Elle est associée au Projet Alpha. À part ça, nous ne savons pas grand-chose. Voyez si vous pouvez demander aux techniciens d'affiner leurs recherches en utilisant des paramètres plus pointus.

Terre Mère, je ne peux pas me permettre de laisser ma tête enregistrer ce genre de conversations ! Il faut absolument que j'arrête la puce. Même si je suis hors de leur portée, je déteste l'idée qu'on enregistre quelque chose en moi à mon insu. Parce qu'un jour, lors d'une rotation à laquelle je me refuse de penser, que se passera-t-il si un être vient m'enlever pour mettre la main sur toutes les informations que j'ai enregistrées ?

Je contracte vivement mon bas-ventre et me force à penser au plaisir, et uniquement au plaisir. Je songe au corps de Daven et au mien, ensemble. Si j'ai pu faire en sorte d'arrêter la puce cérébrale quand j'étais chez Daven, je peux sûrement le faire encore.

Mon corps entier résiste, je ressens une douleur foudroyante, puis tout s'apaise dans ma tête et le bourdonnement s'arrête. J'ai réussi à l'arrêter ! C'est absurde, mais je suis très fière, mais aussi épuisée d'un seul coup. Je flanche sans raison apparente et tombe, les paupières papillonnantes.

— Sia ?

Daven se penche immédiatement au-dessus de moi.

— Tu transpires. Qu'est-ce qu'il y a ?

— Rien.

Quand il se penche plus près, ne semblant manifestement pas convaincu, j'ajoute :

— Un autre souvenir vient de me revenir.

Je cherche quelque chose que je peux leur raconter.

— C'est à propos du Projet Alpha. Ils ont dit qu'ils voulaient à terme nous contrôler. Je ne sais pas comment. Mais les opérations visaient à nous rendre plus dociles.

Je me dis que je peux leur donner des bribes d'informations importantes, et j'espère que j'arriverai bientôt à tout comprendre, très bientôt.

— D'accord, bon, dit Daven en me touchant le visage. Bon travail, Sia. Je sais à quel point c'est difficile pour toi d'en parler.

— C'est juste qu'ils nous ont toujours menacés pour que nous n'en parlions jamais, Daven.

Je suis à fleur de peau en ce moment et j'en dis plus que je ne le devrais.

— Ils peuvent nous tuer, vous savez. Ils ont tué une esclave juste pour montrer aux autres comment cela pouvait arriver, dis-je alors que je tremble. C'est pourquoi j'ai peur.

— Comment s'y sont-ils pris ? demande-t-il d'une voix douce et apaisante.

— Ils l'ont... grillée. De la fumée est sortie de ses pieds. C'était une sorte d'électrocution.

Ce n'est pas inexact, et en ce moment, ma retenue est plutôt fragile.

— Elle était absolument adorable. Elle ne méritait pas ça.

Les larmes coulent.

— Aucune d'entre nous ne le mérite.

Daven me caresse les cheveux.

— Chut, je sais. Tu es en sécurité ici. Parle-moi du laboratoire, de l'opération.

Je vois Maître Seke qui nous écoute avec un air sévère. Mais je m'en moque. Je laisse s'écouler quelques souvenirs moins importants. Il mérite de connaître la vérité, et il faut bien que je lui en donne un peu, même si je passe la puce sous silence et ce que je pense qu'elle est censée faire.

— Certaines d'entre nous étaient censées devenir plus vives d'esprit afin d'être plus efficaces et plus rapides pour réaliser les analyses en laboratoire. D'autres devaient gagner en force physique, en développant la qualité de leurs muscles et de leurs tendons, tout en améliorant leurs réflexes. Ils commençaient à peine à s'occuper de notre groupe. Ils ont parlé d'une nouvelle technologie, qui m'était destinée en particulier. Ils cherchaient à créer une toute nouvelle génération d'êtres humains pour les servir encore mieux qu'auparavant, surtout lorsqu'ils nous envoyaient ailleurs.

— Ils vous envoyaient ailleurs ? répète durement Seke. Comment et où ?

Ma vision se voile d'un brouillard rosâtre, comme si je voyais les choses à travers un rêve. La puce bourdonne à nouveau, je contracte tout mon corps et me concentre pour l'arrêter en espérant y arriver. Est-il possible que la puce avertisse les maîtres Ocretions que je parviens à échapper à sa surveillance ?

— Vers d'autres endroits, j'imagine.

Je réponds d'une voix rêveuse car je suis très distraite

alors que cette chose dans ma tête s'arrête. Une fois de plus, j'ai réussi !

— Ils ont parlé d'en envoyer sur d'autres planètes, mais c'était encore trop tôt et ça ne nous concernait pas. Il s'agirait du prochain lot parce que nous, celles soumises à l'essai, n'étions manifestement pas à la hauteur de leurs espérances, pas assez abouties. Nous n'étions pas adaptées à l'opération. Nombreuses sont celles qui sont mortes lorsqu'ils ont essayé de récupérer...

Oups. Aurais-je dû garder ça pour moi ? Trop tard ! J'ai brusquement mal à la tête.

Mes paupières s'agitent.

— Je suis tellement fatiguée. Daven ? dis-je en me tournant vers lui. Je n'en peux plus. J'ai mal à la tête.

— Récupérer quoi, Sia ? me pousse Daven.

Mais je ne peux pas répondre. Je me contente d'agiter la main.

— Bien, dit-il à voix basse. Je te ramène à la maison.

Daven se lève.

— Nous allons rentrer. Maître Seke, je vais me concentrer sur ce que vous avez mentionné. Et je poursuivrai...

Il fait un geste vers moi.

— Ceci. Ce qu'elle a dit.

— Faites en sorte que cela se fasse, répond fermement Seke. L'une d'entre elles, Flora, a dit quelque chose de similaire. Je vais transmettre les hologrammes des conversations sur votre bracelet.

Ils prennent congé en s'inclinant l'un et l'autre conformément aux manières Zandiannes, puis nous repartons par là où nous sommes venus et d'autres guerriers séduisants me fixent du regard. L'un d'eux sourit et commence à s'approcher.

— *Bordix*, jure Daven. De véritables vautours.

Il m'attire vers lui et m'entoure d'un bras.

— Reste près de moi.

Il m'éloigne du guerrier en question qui finit par hausser les épaules et s'éloigner.

Même si je sais que c'est très mal de lui avoir encore menti un peu plus tôt, je me sens toujours au chaud et en sûreté lorsque je suis dans ses bras. J'aimerais y rester à jamais. Et l'envie dans mon corps ne fait que croître. *Bordix*, comme dirait Daven.

Chapitre Neuf

D*aven*

Je soupçonne Sia d'avoir encore menti. Bien sûr, elle a habilement laissé entendre quelques bribes de vérité afin d'être crédible, mais j'ai senti sa retenue dès lors qu'il s'agissait de l'implant. Je ne sais vraiment pas si elle a réellement un implant ou si elle croit qu'elle en a un, ni ce qu'elle sait à ce sujet. Je suis certain que les cicatrices similaires aux siennes sur la tête de plusieurs autres humaines ne sont pas le fruit du hasard, et que leurs anciens propriétaires ont donc procédé à des opérations cérébrales sur elles. Si les Ocretions ont pour projet de la contrôler, et cette partie semble vraie, quel meilleur moyen y aurait-il qu'une puce, quand bien même le docteur Daneth n'a pas pu la déceler ? Pourquoi ne nous dit-elle pas tout ? Pourquoi persiste-t-elle à me convaincre encore et toujours qu'elle est le genre d'humaine qu'aucun Zandian ne pourra prendre comme compagne ? Ou que nous ne pourrons peut-être même pas la garder sur notre planète ?

Les experts travaillant avec le docteur estiment qu'il n'y a aucune preuve de transmission en provenance ou à destination des humaines ; donc si des puces leur ont été implantées, ce qu'elles sont censées faire, ou ce qu'elles ont pu faire sur leur planète d'origine, reste un mystère. Pourquoi ne me dit-elle pas ce qu'elle sait ? Pourquoi ne me fait-elle pas confiance ?

Et puis, a-t-elle des raisons suffisantes de dire la vérité, quelle qu'elle soit ? Que pourrais-je faire de plus pour l'inciter à se livrer ? Nous n'allons pas recourir à la torture, c'est contraire à notre éthique sur Zandia, et cela ne me plairait pas de toute façon.

Il faut peut-être que je corse les mises à l'épreuve et les punitions sexuelles. Elle semble réagir à cela plus qu'à toute autre chose. Après tout, la seule fois où elle a réellement fait preuve d'honnêteté était après nos ébats.

— Sia, lui dis-je, nous entamons l'étape suivante. Et tu vas me parler de tes expériences avec ton ancien maître.

— L'étape suivante ? répète-t-elle en déglutissant alors que ses pupilles s'enflamment.

— Exactement.

Je la regarde tout en retirant mes bottes et en les rangeant près de la porte.

— Tu te souviens sûrement de ce dont nous avons parlé.

Elle rougit.

— Hum.

Elle tire sur l'ourlet de sa robe.

J'enlève ma chemise. Son regard se fixe sur ma poitrine.

— Si tu aimes ce que tu vois, dis-je en jetant ma chemise

sur le côté, tu devrais commencer à parler, Sia. Je t'ai dit que j'allais jouir trois fois avant toi. Où était la deuxième fois ?

Je m'approche d'elle, ténébreux et bien décidé.

— Je ne suis pas sûre, répond-elle en reculant.

Bordix, je sais qu'elle est sûre. Elle est seulement trop gênée.

— Sia, dis-je d'une voix sévère. Faut-il que je te donne une fessée si tôt ?

— Non !

Elle déglutit.

— La deuxième fois... vous avez dit...

Elle baisse la voix et regarde le sol.

— Sur ma poitrine.

— Sur tes seins, rectifié-je.

Je suis suffisamment près pour la toucher, alors je ne m'en prive pas. Je tends la main et pince un téton ferme à travers sa robe.

— Oh !

Elle reprend son souffle, vaguement chancelante, puis ferme les yeux.

— Daven.

Je ris.

— Douce petite chose. Dis-le.

— Mes seins.

Elle arrive à peine à prononcer ces deux mots dans un murmure.

Je trouve très excitant de la voir si timide tout en sachant que c'est moi qui lui apprendrai à surmonter ses inhibitions.

— Et où se passera la troisième fois ?

Je l'attire contre moi et la caresse doucement, taquinant son corps, si bien qu'elle se trémousse contre moi.

— Je... entre mes fesses.

Je grogne.

— J'ai peut-être envie de passer à l'étape suivante, alors assurons-nous que tu es prête pour moi. Enlevons ça pour commencer.

Je passe sa robe au-dessus de ses épaules, dévoilant ainsi ses seins divins, et je continue jusqu'à ce qu'elle ne porte plus qu'une culotte en tissu léger.

— Magnifique.

Je la soulève et la place sur la couchette.

— Les genoux vers le haut, petite humaine. Les pieds à plat sur la couverture. Oui, comme ça.

Elle obéit et me regarde comme pour acquiescer.

— Maintenant, montre-moi comment tu t'es touchée quand tu étais seule.

— Daven, je ne peux pas ! rétorque-t-elle en essayant de se redresser.

— Non, allonge-toi.

J'appuie doucement, mais fermement sur ses épaules jusqu'à ce qu'elle soit à nouveau allongée.

— Je suis le maître, Sia, et c'est un ordre. Bien sûr, nous pouvons utiliser la sangle si tu as besoin d'un peu plus de motivation.

J'attrape la sangle souple destinée aux fessées que j'ai utilisée plus tôt.

— C'est ce que tu veux ?

— Non, je...

Avant qu'elle ne puisse terminer sa phrase, je la fais tourner et la positionne sur mes genoux.

— Commençons par dix parce que tu as hésité. La prochaine fois, ce sera quinze.

Je lève la main et abats fermement la lanière sur les deux fesses.

Elle pousse un petit cri et se trémousse.

— Tu sais mieux que moi, lui dis-je pour la réprimander tout en lui donnant une nouvelle fessée. Ton travail consiste à rester sage et à accepter ta punition. Et à répondre *merci, Maître.*

Je lui assène une nouvelle fessée.

— Merci, Maître, parvient-elle à dire alors que je lui donne des fessées à plusieurs reprises.

Lors de la dixième fessée, ses fesses sont d'un beau rose vif. Sa fine culotte a totalement échoué à protéger sa peau douce.

Elle gémit doucement, je jette alors la lanière à côté d'elle et lui frotte les fesses pour les apaiser.

— C'est seulement un petit rappel, chuchoté-je en posant une main sur son cou, de ce qui arrive aux vilaines petites humaines.

— Je suis désolée, Maître, souffle-t-elle en se déhanchant sur ma main. Je vous prie de bien vouloir me pardonner.

Bordix, mais c'est déjà fait ! Ma verge est dure et s'agite tant elle est impatiente de jouir de ce joli petit corps.

— Alors, montre-moi à quel point tu es désolée, lui dis-je. Retourne-toi, écarte les jambes et touche-toi comme je te l'ai demandé.

Elle hésite une fraction de seconde, puis s'exécute. Ses doigts bougent timidement alors qu'elle écarte le tissu de sa culotte et glisse sa main en dessous. Elle ne bouge pas et laisse simplement sa petite main posée sur son intimité.

Finalement, elle commence à l'effleurer doucement. Mais ses cuisses sont tendues, elle est nerveuse.

— Tout va bien, Sia.

Je passe mes mains sur ses épaules, puis je me rapproche pour pouvoir jouer avec ses tétons.

— Fais ce qui te fait du bien. Montre-moi.

Bordix, je n'en peux plus d'attendre. Tout ce que je

désire, c'est enfoncer ma verge dans son entrejambe serré, mais c'est délicieux de la taquiner ainsi et de faire durer le suspense pour nous deux.

Finalement, elle tend son index et frotte son clitoris. Un petit gémissement s'échappe de ses lèvres et elle se crispe à nouveau.

— Continue, murmuré-je en caressant un téton.

— Daven, murmure-t-elle.

J'envisage de lui ordonner de me regarder, mais c'est peut-être trop pour elle en ce moment.

Pendant quelques minutes, seules sa respiration et la mienne se font entendre dans la pièce, devenant progressivement plus laborieuses, à mesure qu'elle frotte ses replis intimes et son clitoris. Elle commence doucement et timidement, mais très vite, elle se met à pousser ses hanches vers sa main et à laisser entendre de petits souffles comme si elle était sur le point de jouir.

— Ça suffit.

Ma voix retentit et Sia sursaute, haletante, gardant ses doigts entre ses jambes.

— Maintenant, c'est à moi de jouer. Enlève ta culotte.

J'attrape la ceinture de sa culotte humide et la laisse revenir la fouetter.

Elle s'exécute, se dandine pour l'enlever, puis me la tend.

— Peut-être que je devrais te bâillonner avec, suggéré-je en souriant alors qu'elle laisse échapper un petit bruit marquant sa crainte. Mais pas cette fois. Je veux entendre tous les bruits que tu fais, Sia. Et je m'attends à ce que tu fasses beaucoup de bruit quand je vais m'occuper de ton joli petit fessier.

— Mais je pensais...

— J'ai dit que j'allais prendre de l'avance.

— Alors vous ne voulez pas de... mes seins ?

Elle semble confuse, nerveuse et excitée à la fois.

— Eh bien, Sia, je vais peut-être presser tes jolis seins l'un contre l'autre et les serrer autour de ma queue et jouer un peu avec d'abord.

Je me mets à califourchon sur son corps, me mettant en position.

— Tiens-les. Oui, petite humaine, comme ça, juste comme ça.

Je l'aide à trouver le bon angle, puis j'enfonce ma verge entre ses seins.

— Il manque quelque chose.

Je tends la main et passe mes doigts le long de son entre-jambe pour humidifier mes doigts. Elle est tellement mouillée !

Je frotte ses propres fluides sur ses seins en répétant l'action jusqu'à ce que la zone soit suffisamment lubrifiée.

— C'est beaucoup mieux.

Je m'enfonce.

— Bordix, Sia, tu es si bonne.

Je grogne et pousse encore en savourant la sensation de sa peau délicate et de son corps ferme. Elle gémit et se déhanche en même temps que moi, comme si cela était également plaisant pour elle, comme si son intimité avait envie d'être comblée. Je sens son excitation croître.

Je songe à la laisser jouir aussi, mais je décrète qu'elle devra attendre. Elle s'est mal comportée après tout, et ce n'est pas la pire punition qu'un humain puisse recevoir.

— Je pensais te prendre par-derrière, mais c'est si bon que je vais finir ici, grogné-je. Dis-moi que tu es à moi, Sia. Dis-le.

— Daven, je suis à vous.

Sa voix douce et haletante arrive directement vers mon sexe.

— Encore.

Je pousse plus fort.

— Bordix, Sia, je vais jouir.

— Daven, je suis à vous.

Elle remue sous moi.

— S'il vous plaît...

Je sais ce qu'elle veut, mais pour l'instant, ce moment est pour moi. Je crie et laisse la sensation exploser alors que mon orgasme saisit l'ensemble de mon corps des pieds jusqu'aux cornes. Je laisse s'écouler encore plus de sperme aux couleurs de l'arc-en-ciel sur son corps.

— Écarte les jambes, ordonné-je.

Je réussis à attraper ma verge encore dure et à l'appuyer contre son clitoris.

— C'est seulement un petit avant-goût de ce que tu auras plus tard, lui dis-je en laissant ma dernière giclée de sperme décorer sa belle intimité.

— Daven !

Elle cherche à m'attraper.

Je lui prends les mains, les serre l'une contre l'autre et l'embrasse durement sur la bouche une fois, avant de me retourner.

— Ce sera pour plus tard pour toi, petite humaine.

Je respire fort en me délectant de ces sensations, tandis qu'elle se blottit contre moi et pose sa tête sur mon épaule.

* * *

Sia

· · ·

Je suis en feu, et j'ai désespérément envie de le toucher.

Mais il est allongé à côté de moi, il respire, sa main caresse paresseusement ma hanche, et il ne semble pas avoir envie de me toucher là où j'en ai tant envie.

— S'il vous plaît ?

Je murmure dans son cou en léchant sa peau. Il est un peu salé, mais ce goût me ravit.

— Oh, tu veux quelque chose ? demande-t-il d'une voix chaude. Voyons voir.

Il se penche et, *merci aux étoiles*, frotte enfin ses doigts sur mon intimité. Son sperme agit comme un lubrifiant supplémentaire, provocant un échauffement et des picotements sur ma peau qui m'excitent très nettement.

Je gémis et écarte les cuisses pour l'inciter à continuer à me caresser vigoureusement. Je laisse mes genoux s'éloigner l'un de l'autre, sans timidité ni gêne. Je veux juste qu'il continue à me toucher.

— Nous allons jouer à un jeu, déclare-t-il alors que ses doigts s'arrêtent.

— Un jeu ?

J'appuie vainement contre sa main dans l'espoir d'augmenter la friction. Je sens ma propre excitation ainsi que la sienne, et cela ne fait que décupler mon envie.

— C'est ça. Chaque fois que tu me confieras un souvenir réel, tu obtiendras... ça.

Il enfonce un doigt en moi et le fait tourner.

Je crie de bonheur car il a presque atteint le point magique.

— Daven !

— Je t'écoute, Sia.

Il me frotte encore une fois, puis retire sa main et la pose à plat sur mon ventre.

— Parle-moi de tes blessures à la tête.

— Je ne...

Je respire déjà plus fort.

— Je ne peux pas.

— Bien sûr que tu peux. Tu ne me fais pas confiance ?

Je hoche la tête, les yeux fermés.

— Si, mais c'est... compliqué.

— Essaie.

Il me pince un téton et fait tourner un doigt sur mon clitoris.

— D'accord !

Je me laisse aller à cette idée tant l'envie me consume de l'intérieur.

— Je pense qu'ils ont modifié nos cerveaux pour nous rendre plus dociles, pour qu'on soit de meilleures esclaves.

— Bien, répond-il en commençant à caresser. Et ?

— Et... je ne sais pas.

Il me tape sur le côté de la cuisse.

— Essaie encore.

— Je... ils ont dit que nous serions très utiles. Ils ne nous ont pas dit exactement comment.

— Et ?

— Avant l'opération, j'étais laborantine. Ils m'ont dit que j'allais avoir un nouveau travail à partir de ce moment-là. Mais on nous a laissés sur cette planète avant que cela ne commence. Je ne sais pas ce qu'ils prévoyaient. Je le jure.

— Hmm.

Il me touche à nouveau.

— Dis-m'en plus si tu veux plus.

J'aime le grondement profond de sa voix.

Je lévite quasiment.

— Honnêtement, je ne connais pas les détails de cette technologie, Daven. Je n'ai pas de formation scientifique. Et ils ne nous ont pas fait part des détails.

Je ne lui dis toujours rien quant aux enregistrements, mais au moins je dis quelque chose, non ? C'est alors qu'un autre souvenir me revient en mémoire.

— *Une alimentation riche en vitamines C et D, ainsi que des quantités plus importantes de lysine et de MSM, constitue le bon mélange pour les nourrir pendant qu'elles améliorent leurs fonctions cérébrales. Ainsi que...*

L'Ocretion procède à une longue énumération de choses que je ne reconnais pas.

— *Veillez à ce qu'ils soient tous soumis à ce protocole dès que possible.*

— Je me souviens de quelque chose !

Je fais un geste vers Daven, même si je n'ai pas envie de penser à ces souvenirs alors qu'il est en train de faire des choses si délicieuses à mon corps.

— Enregistre-le, puis je continue.

Il me tend l'appareil.

Je parviens à peine à bredouiller ce dont je viens de me souvenir, puis je me tourne vers lui et le supplie.

— Daven, s'il vous plaît !

Il semble satisfait parce qu'il continue à me toucher, et *par les étoiles*, bientôt je sens l'orgasme commencer à grandir.

Je gémis pendant qu'il me caresse et me taquine, et je gémis.

— Daven, j'en ai besoin, s'il vous plaît. Je sais que vous avez dit trois fois, mais s'il vous plaît. Je ferai n'importe quoi, je le jure. Tout ce que vous voulez si vous me laissez jouir tout de suite.

Il colle son corps contre le mien. Sa masse et sa chaleur me rendent folle.

Il me mord le cou.

— Tout ce que je veux, Sia ? Ce n'est pas une promesse légère.

— Oui, oui, n'importe quoi ! dis-je, désespérée.

— Eh bien, vas-y.

Il se retire, les yeux brillants.

— Voyons quel genre de délices sucrés tu as l'intention de faire.

— Eh bien...

Je tends la main pour toucher mon entrejambe parce que je suis à bout.

Il prend ma main et la serre contre sa poitrine.

— Non, tu parles d'abord. Si j'aime ce que j'entends, je me laisserai peut-être aller à te laisser jouir avant de m'occuper de ton joli cul.

— Vous avez aimé quand j'ai sucé... votre queue.

Je n'ai même pas honte de prononcer ces mots.

— Je le referai, Daven.

Il grogne un peu et me rapproche de lui.

— Tous les jours ! dis-je, très motivée. À chaque lever de soleil, à la première heure, je jure de prendre votre sexe dans ma bouche et de le sucer aussi bien, Daven. Et si je ne le fais pas, vous pourrez... vous pourrez me fouetter avec cette petite lanière jusqu'à ce que je pleure et vous supplie. Je ferai de mon mieux pour vous, je le jure. S'il vous plaît, je vous en prie.

Je remue contre lui en essayant d'appuyer mon clitoris contre sa cuisse. Nous sommes tous les deux couchés sur le côté, nos corps collés l'un contre l'autre, et j'ai envie de lui. Je meurs de désir pour lui.

Il me mord le cou assez fort pour laisser une marque et pose une main sur ma gorge.

— Chaque fois que le soleil se lève, c'est ça ? Sans argument ni rappel ? demande-t-il en me tenant doucement, mais fermement.

— Oui, oui, comme l'autre fois !

Je me penche pour saisir sa verge et il me laisse faire. Il est si dur que c'en est presque effrayant, mais j'aime cette sensation dans ma main. Je perçois sa senteur musquée, et j'aime ça. J'aime tout ce qui se joue par ici.

— Tu as un argument très recevable, murmure-t-il en léchant mon oreille et en déplaçant sa main vers mon ventre. Tout ce que j'ai à faire, c'est quelques mouvements comme celui-ci.

Il repose sa main sur mon intimité et je pousse un petit cri.

— Et je me fais sucer à chaque nouvelle rotation.

— Vous allez adorer ça, commencé-je à dire alors qu'il me retourne sur le dos.

— On a un accord, murmure-t-il à mon oreille en s'age-nouillant au-dessus de moi. Et il va falloir que cette petite bouche soit autour de ma queue à chaque lever de soleil, sans exception, ou je te donnerai une fessée si sévère que tu auras mal toute la journée.

— Oui, oui.

Je sanglote quasiment. L'idée qu'il me fouette m'excite tellement que je pourrais presque jouir rien qu'en l'enten-dant me le promettre de sa voix rocailleuse.

— Et parce que ton imagination me plaît tant, je vais te baiser. On gardera le cul pour plus tard, quand tu auras été méchante.

Pourquoi cela m'excite-t-il encore plus ? L'idée d'être punie par son sexe m'excite autant que l'idée du plaisir. C'est peut-être parce qu'avec Daven le mélange de douleur et d'extase est en parfaite équité.

— Tu es serrée, murmure-t-il, mais tellement humide. Avec le temps, ton corps apprendra à s'adapter à moi.

Je saisis ses cuisses solides, puis ses fesses, tandis qu'il abaisse son corps sur le mien, bien qu'il soit en appui sur ses bras pour m'épargner de tout son poids.

— Daven, j'aime vous sentir comme ça sur moi.

— C'est réciproque, grogne-t-il. Écarte tes jambes pour moi, ma jolie.

J'obéis de suite, puis je sursaute lorsqu'il se décale sur le côté et tire mes jambes vers le haut, en les pliant au niveau des genoux et en poussant mes cuisses, de sorte que je suis complètement exposée.

— Il se pourrait que je t'attache parfois pour te baiser, me dit-il, mais pour le moment, tu vas rester dans cette position pour moi.

Je sens l'air frais de la pièce sur mon intimité et je frissonne tant j'ai envie de lui.

— Daven, s'il vous plaît.

Il rit.

— J'adore t'entendre me supplier.

Il introduit un doigt en moi puis l'enfonce, et la sensation délicieuse ne fait qu'accroître mon envie.

— Oui, oui, comme ça, dis-je en poussant mes hanches vers le haut.

Il continue, puis ajoute un deuxième doigt. Et un troisième. Je gémis.

— C'est trop ? demande-t-il tout en enfonçant ses doigts plus profondément. Ma queue est bien plus grosse que mes doigts, Sia. Il faut que tu sois prête.

— C'est trop et pas assez. C'est de vous que j'ai envie.

J'attrape vivement son poignet à deux mains et le tire vers mon corps.

— J'en veux plus.

Il glousse.

— Qui est le maître ici, Sia ? Tu oublies ta place ?

Mais il s'exécute et son sourire me laisse croire qu'il aime mes exigences sexuelles.

— Non, vous êtes le maître. Je suis votre esclave, mais s'il vous plaît...

Je me trémousse pour pouvoir embrasser son cou. C'est peut-être un peu contraire aux règles, mais je le mords comme il m'a mordu, et il grogne pour me faire savoir qu'il aime ça.

— Alors, laisse-moi te faire plaisir.

Il s'aventure davantage avec ses doigts en pressant les parois intérieures de mon intimité et trouve l'endroit qui me rend folle lorsqu'il y appuie.

— Daven !

Je hurle quasiment alors que mon corps est pris de sursauts tandis qu'il appuie et frotte le long d'un endroit en moi qui est en feu à cause de l'orgasme à venir.

— Je ne sais pas si c'est suffisant, mais, *bordix*, je ne peux pas attendre.

Il se déplace gracieusement et, une fois de plus, il se trouve sur moi et son énorme sexe repose sur mon entrejambe.

Bien que j'aie très envie de lui, je me crispe instinctivement.

— Désolée, murmuré-je. C'est juste que vous êtes si massif.

— Détends-toi, me dit-il en me touchant à nouveau.

— Je suis détendue.

J'essaie de retenir ma respiration, attendant qu'il bouge, mais au lieu de cela, il se décale.

— Essayons quelque chose de différent pour cette première fois, Sia, dit-il d'une voix presque tendre.

Il se redresse et s'adosse à la pile d'oreillers moelleux de l'aérocouchette, sa verge est toute dressée, dure et épaisse.

— C'est toi qui seras au-dessus, explique-t-il. Descends doucement, petite humaine. Ce sera plus facile pour toi comme ça.

— Mais je ne sais pas comment faire.

Je ne m'en préoccupe pas et me précipite vers lui tant j'ai envie de le sentir en moi.

— Je pense que tu vas apprendre rapidement, ma belle.

Il me soulève par la taille et me positionne comme il le souhaite.

— Agenouille-toi d'abord par-dessus moi. Comme ça, ma douce. Ici même.

Il arrange habilement mon corps.

— Tu vois mon sexe ? Quand tu seras prête, tu pourras t'asseoir dessus. Et je t'emmènerai jusque dans les étoiles, grogne-t-il sur la fin avant de déposer un baiser sur mes lèvres.

Je suis stupéfaite, effrayée, parce qu'il n'a jamais fait ça auparavant. C'est d'une certaine manière encore plus intime que les autres choses que nous avons faites, et j'aime poser mes lèvres contre les siennes. Sa langue explore ma bouche, et je lui rends la pareille. Notre baiser devient plus enflammé lorsqu'il commence à caresser mon intimité pendant que nous nous embrassons. Pour rendre la chose encore plus excitante, le bout de sa verge effleure continuellement mon clitoris en envoyant des éclairs de bonheur dans mon ventre et même dans mes mamelons.

— Bordix, tu es toute mouillée pour moi, dit-il d'une voix pleine de désir. Et tu sens si bon. Je veux te goûter.

— Non !

Je proteste, terrifiée à l'idée qu'il arrête de me toucher, qu'il arrête ce jeu.

— D'abord, laissez-moi...

Je me positionne de manière à aligner mon intimité sur sa verge.

— Laissez-moi seulement...

Je détends un peu mes cuisses, permettant ainsi à mon corps de se dilater pour l'accueillir.

— Chevaucher. Votre. Queue.

Dans un élan d'inspiration, je me baisse et frotte mes doigts le long de mon intimité, tout en m'empalant sur lui, puis je porte mes doigts à ses lèvres.

— Tenez, vous pouvez me goûter en même temps.

— Sia, sale coquine, lâche-t-il en léchant mes doigts avec force et en grimaçant. *Par les étoiles*, tu es irrésistible. Je n'en peux plus !

Il m'attrape par les hanches.

— Penche-toi sur moi, petite humaine, tout de suite.

J'ai mal parce que son calibre m'étire au-delà de ce que j'ai connu, mais c'est aussi exactement ce que je veux. Je suis tellement mouillée que je peux glisser le long de sa verge, palpitante et dure, jusqu'à ce qu'il soit entièrement en moi.

— Daven, chuchoté-je.

— Tout va bien, petite humaine ?

Il effleure mes tétons, puis dépose un baiser dans mon cou.

— Oui, Maître. Mieux que bien.

— C'est bien. Alors, on bouge. Comme ça.

Il me montre, m'enseigne une cadence me permettant d'avoir l'ascendant en me déplaçant de haut en bas le long de son sexe.

— Oh, *par les étoiles*, c'est si bon.

Je gémis en fermant les yeux et en laissant ma tête pencher en arrière tandis que je corse la cadence.

— Daven, *oh Douce Terre Mère* ! *Bordix*, c'est tellement bon.

C'est la première fois que j'utilise un juron zandian à voix haute, mais je l'aime bien. C'est agréable en bouche.

— *Bordix*, baisez-moi, murmuré-je.

Dans un accès d'inspiration, je lui saisis les cornes.

— Vous aimez ça ? demandé-je en les frottant.

Son grognement de désir me fait comprendre que c'est bien le cas. Il attrape alors mes hanches et commence à contrôler le mouvement de notre accouplement, me forçant à monter puis à descendre avec force, m'empalant sur sa verge. Elle est trop grosse, mais elle est parfaite parce qu'elle touche tous les endroits agréables en moi, en particulier celui qu'il a trouvé avec ses doigts savants auparavant.

— Daven, je sais que je suis censée attendre, mais je ne pense pas pouvoir le faire, m'écrié-je alors que l'orgasme commence à monter. S'il vous plaît, puis-je jouir ?

— Attends, me répond-il. Sinon, je te donne une bonne fessée, Sia. Et je te ferai attendre trois fois ton prochain orgasme. Peut-être quatre. Que dirais-tu d'attendre une semaine entière ?

— Non, s'il vous plaît !

Je suis horrifiée par cette idée, mais suis bien incapable de résister à toutes ces sensations.

— Tu feras ce que je te dis, dit-il, parce que je suis ton maître. Tu es à moi, Sia.

— Oui, Daven, à vous, rien qu'à vous, répété-je.

— Alors, jouis, m'incite-t-il. Ensemble, tout de suite. Jouis pour moi, Sia.

Je laisse toutes ces sensations exploser, et en même temps, je sais qu'il jouit aussi parce que je sens une giclée de liquide en moi qui, d'une certaine manière, accroît encore la vigueur de mon orgasme.

Je hurle de plaisir, et cela continue, de plus en plus fort, jusqu'à ce que je m'évanouisse presque.

Daven crie et m'attrape violemment, certainement assez pour laisser des bleus, mais je m'en fiche. Je veux ses marques, je veux son sperme, je veux tout.

— Je vous aime, me dis-je intérieurement. Daven, je vous aime.

Je sais qu'il vaut mieux ne pas le dire, mais à cet instant, j'en suis sûre : ce guerrier zandian possède tout mon cœur.

Chapitre Dix

S *ia*

Comme il est plaisant de passer du temps avec lui, c'est un pur bonheur. Je caresse ses doigts puissants, puis passe mes mains le long de ses abdominaux et de son torse si bien dessiné. Une fois là où sa hanche rejoint son aine, j'exerce une légère pression.

— J'aime bien juste ici.

Il rit.

— Là ? Je pensais qu'il y avait des choses chez moi plus intéressantes que ça pour toi.

Je pose une main sur son sexe... toujours aussi dur !

— Tu parles de ça ?

— Exactement, grogne-t-il.

— C'est un endroit plutôt acceptable, c'est vrai, dis-je avec un sourire.

Je suis tellement comblée par le plaisir qu'il se pourrait bien que mon bonheur ruisselle de mon intimité.

— C'était incroyable.

— Oui, répond-il d'un ton émerveillé, presque surpris. Oui.

Nous restons silencieux un moment, mais cela n'a rien de gênant.

— Il me semble que j'ai découvert la technique secrète pour que tu me racontes tes souvenirs, dit-il à la fois sèchement, mais également assez amusé.

Je n'ai pas vraiment envie d'aborder le sujet car cela m'attriste de penser que nos ébats si prodigieux ne sont pour lui qu'un moyen de me rendre loquace, alors que pour moi, c'est un grand bouleversement dans ma vie. Je me contente donc de hocher la tête.

Enfin, j'ose poser la question qui n'a fait que me préoccuper de plus en plus ces derniers temps.

— Pourquoi n'as-tu pas de partenaire zandianne ? Ou humaine ? Je veux dire, comment cela se fait-il que tu sois disposé à t'occuper de moi ?

Il se crispe légèrement.

— Il n'y a pas de femelles zandiannes. Et je n'ai jamais rencontré d'humaine susceptible de me plaire.

— D'accord, dis-je hésitante. C'est juste que ton ami, Axe... Je crois me souvenir qu'il a dit quelque chose à bord du vaisseau à propos d'une relation passée ?

Je retiens mon souffle. Je ne devrais certainement pas mettre mon nez là-dedans, cela semble être un sujet très sensible.

— C'était quand vous m'avez sauvée. Vous en parliez tous les deux.

— *Bordix.* Tu t'en souviens ?

Il prend une inspiration.

— Ce n'est pas faux. Je, ah... commence-t-il en se raclant la gorge. Il y avait une... personne. Mais c'était il y a long-temps. Et cela ne s'est pas bien fini.

— Comment ça ?

Je sens que c'est plus important qu'il ne veut bien l'admettre.

— Sia, c'est de l'histoire ancienne, répond-il vaguement irrité.

Puis il se calme et regarde fixement le plafond tout en parlant.

— Il y avait une humaine, Illiana. Nous l'avions sauvée d'une vente d'esclaves aux enchères.

Il se tait et j'attends qu'il continue. Je sens que le sujet est très délicat, peut-être plus difficile qu'il n'y paraît de prime abord.

— Nous nous sommes liés, explique-t-il, la voix égale. Et j'ai promis d'en faire ma compagne. Tout s'est passé très vite.

Il prend une inspiration.

— Nous étions encore sur la planète étrangère. Mais cela semblait...

Il secoue la tête.

— Sur le moment, ça m'a semblé couler de source. C'était évident. On s'était trouvé. Elle s'appelait Illiana. Nous avons passé six rotations de planète ensemble, cachés avec le reste de l'équipe, nous préparant à fuir cette planète. Et j'étais fou d'elle.

— Hmm.

Je veux qu'il poursuive son explication. Je déteste déjà cette Illiana, pour le simple fait qu'elle a ensorcelé le cœur de Daven.

— Alors, que s'est-il passé ?

— Ce qui s'est passé, déclare-t-il, c'est que nous étions

cachés dans une dépendance, prêts à fuir vers un autre vaisseau puisque le nôtre avait été détruit. C'était une situation dangereuse, Sia. Je n'étais pas certain que nous y arriverions. Elle a vu certains de ses anciens ravisseurs et les a appelés pour leur faire savoir que nous nous cachions, qu'elle avait des informations précieuses à notre sujet, et qu'elle s'était intégrée à nous uniquement pour obtenir des renseignements à leur divulguer.

— Oh, *Terre Mère*. Elle ne l'a pas fait, lâché-je, outrée, en portant une main à ma bouche. Mais pourquoi ?

Il hausse les épaules sans me regarder.

— Par les étoiles, qui peut bien le savoir ? Peut-être pensait-elle que nous étions moins nombreux et qu'elle serait de toute façon capturée, alors elle a décidé de se rallier à eux ? Ou peut-être qu'elle nous a piégés pendant tout ce temps ? Cela semblait si... sincère... ce qui se passait entre nous. Je m'étais déjà attaché à elle, énormément.

Sa mâchoire se serre.

— Et cela me paraissait réciproque.

— C'est affreux, dis-je en posant ma main sur son bras.

— Nous, les Zandians, avons repoussé les assaillants et trouvé un vaisseau. Nous nous sommes échappés, sans elle. Elle avait fait son choix à ce moment-là, et nous devions nous échapper.

— Je suis vraiment désolée, ajouté-je en lui caressant l'épaule. Quelle odieuse personne !

— C'est totalement de ma faute, je lui ai accordé toute ma confiance trop vite. J'aurais dû le savoir. Je le sais maintenant.

Il me regarde enfin, mais son regard est voilé et distant.

— Je me suis juré de ne plus jamais mettre Zandia, ou moi-même, en danger en faisant confiance à un être indigne. Ma loyauté va à mon roi et à ma planète. Elle ne faiblira jamais, absolument jamais. J'ai mis à mal cette mission en accordant ma confiance à un être qui ne la méritait pas, explique-t-il en secouant la tête. Je me suis déshonoré. C'est une honte.

— Ce n'était pas ta faute, lui dis-je à voix basse. Tu ne peux pas te considérer comme responsable.

Je sens un malaise au fond de moi ainsi qu'une douleur dans ma poitrine. Je lui ai déjà menti tant de fois, il sait que je suis loin d'être fiable. S'il a le moindre sentiment pour moi, il est évident qu'il renoncera à moi en un clin d'œil parce que je suis malhonnête. Et je ne peux pas lui en vouloir. C'est ce que je ferais aussi si j'étais à sa place.

— Bien sûr que si. Mon devoir l'exige.

Il hausse les épaules. Puis il me regarde dans les yeux.

— Alors, Sia, j'ai besoin que tu sois franche avec moi. Dis-moi la vérité sur ce dont tu t'es souvenue. Nous savons tous les deux qu'il y a des choses que tu gardes pour toi. Prouve-moi que je ne mets pas ma planète en danger en te faisant confiance, en t'accueillant sous mon toit, sur ma planète, chez moi.

Dans le silence de la pièce, les mots restent en suspens tout en s'amplifiant jusqu'à résonner dans mon crâne.

Je dois faire un choix.

J'ouvre la bouche.

— Je te fais part de tout ce que je peux dire.

Chapitre Onze

S *ia*

Après avoir tout dit à Daven, je lui fais part de mon envie de voir mes amies, et il me récompense en m'accordant une visite.

Je meurs d'envie de voir Flora et Katia en tête-à-tête pour la première fois depuis que nous avons été amenées à Zandia. J'ai besoin de savoir ce qu'elles savent et ce qu'elles ont dit, ou pas, à leurs maîtres.

Mais en les revoyant, toutes ces pensées passent après la nécessité de les prendre dans mes bras.

Je me précipite sur Flora et j'attrape Katia en même temps.

— *Oh merci les étoiles*, vous allez bien !

Chacune de nous rit et pleure à la fois.

— Vous avez l'air en pleine forme, toutes les deux !

Flora m'attrape et m'observe, puis touche ma robe de soie.

— Comme tu es jolie. Ton visage en particulier est si radieux, enjoué. Oh, Sia.

— Eh bien, commencé-je en hochant la tête. Je pense que Daven... mon maître, prend bien soin de moi.

Je sens mon visage rougir.

— Comment ça « prendre bien soin de toi » ? demande-t-elle alors que ses yeux s'écarquillent. Sia ! Es-tu..., as-tu..., est-ce que vous avez fait la chose ?

— On dirait bien que oui ! dit Katia en pointant son doigt. Regarde comme elle est rouge.

Je ris et je rougis encore plus.

— Eh bien, ça ne s'appelle pas *faire la chose*. Et pas exactement. Mais il m'a...

Je me lance dans une description de ce que Daven a fait exactement. C'est un peu curieux d'en parler, mais c'est aussi amusant d'avoir quelque chose d'aussi singulier à partager. C'est bien loin de ce que nous partagions du temps où nous étions des cobayes de laboratoire pour les Ocretions.

— Oh, Sia, c'est formidable.

Je décèle dans le ton de sa voix que Katia est un peu envieuse.

— Mon maître est très froid. Il est si beau, mais il me regarde tout le temps de travers. Il m'a à peine touchée une fois, et c'était juste pour m'aider quand j'ai trébuché, explique-t-elle en se forçant à sourire. C'est quand même beaucoup mieux que notre ancienne vie, alors je m'en fiche. Ce n'est pas un problème. C'est tout à fait normal. Vraiment, ça m'est égal.

— Oh, Katia. Je suis sûre qu'il finira par...

Qui suis-je pour l'affirmer ?

— Enfin, j'espère qu'il le fera, finis-je.

Elle hausse les épaules et détourne le regard.

— Ce n'est pas grave.

— Et toi, Flora ? lui demandé-je en me souvenant combien son maître avait l'air bourru.

Elle hausse les épaules.

— Axe déteste les humains, alors il n'y a eu d'accouplement d'aucune sorte, pour le moment.

— Pour le moment ? répété-je en riant face au sourire de Flora. Tu aimerais que cela arrive ?

Elle hausse les épaules.

— Il est plutôt convenable. Enfin, vous voyez. Il est musclé, il a une jolie peau, et tout le reste. Et il me désire. C'est juste qu'il ne se l'est pas encore avoué.

— Hmm, j'ai hâte de savoir ce que cela va donner.

— Mais nous avons des choses plus importantes à discuter que la reproduction, dit Flora.

C'est exact. Il y a quelque chose dont nous aurions dû discuter en premier lieu. Me voilà en train d'entamer une conversation légère à propos de sexe et d'attirance pour les Zandians alors qu'il y a des choses bien plus urgentes susceptibles de causer du tort à tous les humains.

— Est-ce que vous avez...

Je prends une inspiration.

— ... parlé de, vous savez ?

Je penche la tête en avant.

— De la... puce.

Mon cœur bat la chamade et je me touche la tête.

Toutes deux me répondent immédiatement que non.

Flora secoue la tête.

— Non. Tu sais que je ne le ferai jamais. Nous ne pouvons pas. C'est moi qui t'ai fait jurer de ne pas le faire.

Katia acquiesce.

— C'est trop dangereux. Tu sais ce qui pourrait arriver.

Ma voix tremble tant je suis soulagée.

— Parfait. Moi non plus. Si les Ocretions nous trouvent, ils pourraient nous griller de l'intérieur, comme ils l'ont fait à Mandy. Nous devons faire très attention.

— C'est vrai, dit Flora.

— Je sais. Pauvre Mandy, lâche Katia en fronçant les sourcils.

Rien qu'en évoquant ce souvenir, nous sommes toutes prises d'un grand frisson. Mandy était aussi un sujet expérimental, et ils se sont entraînés sur elle jusqu'à ce qu'elle en meure, simplement pour nous montrer ce qu'ils étaient capables de faire si quelqu'un désobéissait. Lorsqu'ils ont appuyé sur le bouton de l'interrupteur à distance pour détruire sa puce — pas seulement la désactiver, mais bien la détruire — tout son corps s'est immobilisé, puis ses yeux ont semblé s'éteindre. Elle est tombée à terre et un peu de fumée s'échappait de la plante de ses pieds, puis ils l'ont emmenée. Nous ne l'avons plus jamais revue.

— *Voilà ce que nous pouvons faire et ce que nous ferons si nous découvrons que vous n'avez pas gardé le silence, avait déclaré notre maître.*

— Mais je pense qu'ici, sur Zandia, on est en sécurité. Il n'y a vraiment aucun autre endroit dans la galaxie où nous pourrions être autant en sécurité, dis-je.

— *Non*, rétorque Flora, manifestement inquiète. Ce n'est pas sûr.

— Mais nous sommes si loin, dis-je en tapant du pied à plusieurs reprises. Je me souviens les avoir entendus parler de cette technologie. Je sais que l'activation à distance ne peut pas atteindre autant de clics. Nous devons être à des centaines de milliers de clics d'eux ici.

Katia pince les lèvres.

— Tu es sûre de ça ?

Flora m'attrape le bras.

— Nous ne pouvons pas en être certaines. Imagine qu'ils soient à bord d'un vaisseau pour essayer de se synchroniser sur nos puces peu importe où nous sommes dans la galaxie ? Ils pourraient nous localiser, télécharger les données puis nous tuer. Tu t'en rends bien compte ?

— Cela me semble très peu probable, dis-je pour essayer de la rassurer. Il faudrait qu'ils atterrissent sur la planète. Et les Zandians ne le permettraient jamais.

Katia secoue la tête.

— Les Ocretions sont têtus et rusés. Si un peuple est bien capable de trouver une épingle dans un océan, c'est bien eux. Et nous avons une grande valeur pour eux. Peut-être devrions-nous en parler aux Zandians ? Comme ça, ils pourraient trouver un moyen de nous protéger ?

— Non !

Je n'ai jamais vu Flora aussi catégorique.

— Vous devez taire ce sujet. Toutes les deux.

Elle se penche en avant.

— Si les Zandians découvrent que nous sommes potentiellement des espionnes incapables de contrôler leurs propres cerveaux, ils s'occuperont eux-mêmes de nous tuer. Ce serait la seule chose logique à faire. Tu ne veux pas cela pour toi ou pour nous, n'est-ce pas ? Maintenant que nous sommes enfin en sécurité ?

Je me penche moi aussi en avant.

— Bien sûr que non ! Mais peut-être qu'ils nous aide-raient sans nous faire de mal.

Je pense à Daven et à ma promesse d'être toujours honnête. La culpabilité m'envahit.

— Dans l'hypothèse où nous le leur avouerions, ils sont

intelligents et ils sont en mesure d'en faire bon usage. Peut-être que leur médecin pourrait retirer ces puces de nos têtes. Ou trouver un plan...

Ma voix vacille. Le problème, c'est que je crains moi aussi que nous soyons tuées ou bannies, et tenter de prétendre le contraire est bien inutile.

— Tu sais que les puces sont enchevêtrées dans nos propres tissus, Sia, reprend Flora d'une voix égale. Même les experts d'Ocretia s'accordent sur le fait qu'une fois en place, c'est pour toujours. Ils ne peuvent même pas les retirer eux-mêmes.

Par les étoiles, elle a raison. Ce souvenir me revient, et je commence à murmurer :

— *Une fois que les puces sont en place, il n'y a plus de retour en arrière possible. Elles se développent dans les tissus cérébraux, c'est ce qui les rend si parfaites. Elles sont indétectables. C'est une technologie d'enregistrement parfaite pour utiliser les humains.*

Katia prononce aussi ces mots du bout des lèvres, et Flora également. Nous nous regardons fixement.

— Vous avez le même souvenir ? demande Katia, les yeux écarquillés.

Je hoche la tête.

— C'était au laboratoire. C'est comme si... Ces souvenirs sont si vifs. C'est presque comme avoir des hologrammes dans le cerveau.

— Tu penses que c'est la puce ? demande Flora en plissant les yeux.

— Oui, je le crois. Je pense que nos puces restituent de manière aléatoire des choses que nous avons enregistrées sur cette planète pendant qu'ils testaient et calibraient le signal.

De nouveaux souvenirs se bousculent et oscillent dans mon esprit, telles des vipères malsaines me provoquant des tremblements.

— *Ton esprit nous appartient, Sia. Maintenant et pour toujours. Tu vas tout enregistrer à la perfection.*

— *La puce enregistrera tout ce que nous voulons savoir. Nous pourrons effacer tes souvenirs après les avoir récupérés.*

— Alors qu'est-ce qu'on fait ? On ne peut pas se débarrasser des puces. Et même si les Ocretions ne peuvent pas utiliser ce qui est enregistré, les puces fonctionneront toujours. Je déteste ça, dit Flora avec dégoût.

— Je sais. Le seul moyen de se libérer de ces choses est de les désactiver à partir du panneau de contrôle sur la planète Larew. Vous vous souvenez de ce panneau de contrôle qui leur permet de désactiver complètement n'importe quelle puce ? Ils ont dit que c'était en cas d'urgence, si leurs espions risquaient d'être découverts. Elles peuvent se détruire au risque de tout perdre, ou bien se désactiver complètement et garder leurs humains en vie en attendant la réactivation dès lors qu'ils sont à portée. Donc, si nous pouvions retourner sur cette planète et les désactiver, nous pourrions mettre un terme à tout ce programme, en désactivant toutes les puces en une seule fois.

— C'est impossible, répond Flora en fronçant les sourcils. Comment pourrions-nous y aller ? À bord d'un vaisseau ?

Elle souffle.

— Ce n'est pas comme si nous étions sous haute surveillance de toute façon. Et puis nous ne sommes jamais montées à bord d'un vaisseau.

— Sauf pour notre sauvetage.

Je pense à Daven se penchant pour me sauver, et mon cœur se met à fondre.

Flora acquiesce.

— Bien. Alors, pour l'instant, nous devons garder le silence. Promettez-le-moi. Pour notre bien à toutes.

— Je me sens horriblement mal à l'idée de mentir encore. Pas toi ? dis-je en lui lançant un regard suppliant.

— Non, répond-elle brusquement. Je ne me sens pas mal à l'idée de rester en vie. C'est notre seule chance.

Katia est de cet avis.

— Comment cela peut-il vraiment nuire à Zandia, après tout ? Nous sommes hors de portée des puces. Pour l'instant, nous sommes toutes en sécurité, explique-t-elle en me serrant les mains dans les siennes. J'espère simplement que les Zandians ne nous enregistrent pas en train de parler.

Je laisse entendre un rire sec.

— Peut-être que les Zandians nous enregistrent en train de parler de nos cerveaux qui nous enregistrent en train de parler. C'est tout un concept.

Je marque un instant d'hésitation avant de continuer :

— Je ne pense pas qu'ils le feraient. Ils paraissent si honorables.

— Nous avons seulement besoin de plus de temps, surtout moi, renchérit Katia. Une fois que mon maître me fera confiance et qu'il m'aim... qu'il prendra soin de moi, peut-être aurons-nous plus d'influence. Surtout si nous continuons à leur faire part de souvenirs utiles. Nous pouvons trouver un moyen de les convaincre de nous laisser la vie sauve, et non de nous bannir parce que nous sommes des monstres au cerveau modifié. Je vous en prie.

Je hoche lentement la tête.

— Je ne veux pas être bannie.

— Ou tuée, corrige Flora.

— Ni bannie, ni tuée non plus. J'aime être ici.

Je pense à Daven, et ma poitrine se réchauffe. Je ne me plais pas seulement ici, j'adore cet endroit.

— Nous ferons de notre mieux pour nous intégrer ici, pour qu'ils nous fassent confiance et qu'ils nous apprécient. Ils semblent avoir beaucoup de considération pour les souvenirs, certes pas primordiaux, que je partage avec eux, ceux qui concernent les produits chimiques et la technologie.

— Moi aussi ! Je leur ai donné des infos sur des trucs que je ne comprenais pas concernant cette technologie, mais que j'ai pu restituer à partir de ma puce, et ils ont adoré, dit Katia en souriant.

— Oui ! dis-je en lui serrant la main. Tous les souvenirs que vous pouvez extraire de vos puces, que ce soit sur les produits chimiques, l'anatomie humaine ou les vaisseaux spatiaux, partagez-les. Tout ce qui semble avoir un peu d'intérêt. Tout sauf le fait que nous sommes pucées. Et en attendant, j'ai une idée pour peut-être arranger les choses.

Flora fronce les sourcils.

— Comment cela serait-il possible ?

— Nous pouvons faire en sorte d'être plus sûres. Je pense que je peux parfois faire en sorte que la puce arrête de faire... ce qu'elle fait. Est-ce que tu ressens cette décharge cérébrale quand elle s'active ?

Elle acquiesce, les yeux écarquillés et brillants.

— Oui.

— C'est vrai que ça fait ça tout le temps ! s'exclame Katia.

— Eh bien, as-tu déjà...

Je respire et j'explique la sensation particulière que Daven m'a procurée : l'orgasme.

— Quand j'ai essayé de me procurer les mêmes sensations toute seule, ou du moins de me concentrer sur le plaisir, j'ai perturbé l'activité de la puce. Le vrombissement s'est arrêté.

— Euh, laisse entendre Flora, très dubitative.

— Je vous assure. Essayez vous-même.

— Comment, toute seule ? demande Flora, manifestement surprise. Vous pouvez faire ça ?

— Oui. Mettez vos doigts entre vos jambes et cherchez les endroits qui vous procurent du plaisir. Caressez-les ou frottez-les. C'est plus facile si vous pensez à vos maîtres, ou à ce qui vous excite.

Flora rougit à vue d'œil et ses sourcils s'élèvent jusqu'à la racine de ses cheveux.

— Hmm. D'accord. Si ça marche. Je dirai aux autres d'essayer aussi.

Elle se décale sur son siège, comme si elle avait déjà envie de se toucher.

— J'ai déjà essayé de le faire toute seule, dit Katia en clignant des yeux. La prochaine fois, je verrai si je peux utiliser les sensations pour arrêter le vrombissement de la puce.

— Eh bien, c'est déjà ça, dis-je en soupirant. Si l'on peut apprendre à arrêter nos puces, on sera moins dangereuse.

Ma voix se perd. Je pense à Daven et à l'affection que je lui porte déjà.

— Je ne veux pas les mettre en danger, murmuré-je.

— Tu ne dois rien dire à ton maître à propos de la puce, me rappelle Flora. Même s'il te fait des choses... des choses appréciables.

Elle plisse les yeux et je rougis.

— C'est compliqué.

— Ça ne l'est vraiment pas, rétorque-t-elle d'un air dur. Apparemment, d'autres humaines se sont aussi accouplées avec leurs maîtres. Vous avez toutes l'air d'être si… heureuses.

Elle croise les bras.

— Suis-je repoussante pour une humaine ? reprend-elle.

— Flora ! *Par les étoiles*, tu es magnifique, la rassuré-je en lui prenant la main. Il va sans doute s'intéresser à toi.

— Peut-être.

— Garde le secret, Sia. Quoi qu'il arrive.

C'est à ce moment-là que je vois Daven arriver avec un autre Zandian.

Le visage de Daven est impassible.

— Sia, il est temps pour nous de partir, déclare-t-il en faisant un signe de tête à Flora et Katia. J'espère que cette visite a été agréable ?

— Il ne peut pas te quitter des yeux. Tu as de la chance, me murmure Katia.

— Tais-toi donc, lui susurré-je.

Mais il me semble bien que les lèvres de Daven frémissent, même s'il ne sourit pas franchement. Les Zandians doivent avoir une meilleure ouïe que les humains.

Le maître de Flora, Axe, est plus petit que Daven, mais plus musclé, avec une mâchoire anguleuse et des yeux profonds.

— Viens, Flora, exige-t-il en croisant les bras et en lui lançant un regard noir. Si tu crois que cela vaut la peine d'y consacrer ton temps précieux.

Il y a manifestement quelque chose d'implicite là-dedans. Je le lui demanderai la prochaine fois.

— Très bien, Maître, répond-elle avec beaucoup de condescendance. Tout ce que vous voudrez.

Son expression devient plus sévère.

— J'en ai assez que tu répondes de manière aussi impertinente.

— Oh, vraiment ? Et qu'allez-vous faire à ce sujet ?

Flora me lance un regard et me murmure :

— Souhaite-moi bonne chance.

Je lève les yeux au ciel.

— À bientôt.

Flora est peut-être sur le point d'obtenir ce qu'elle pense vouloir.

Chapitre Douze

S *ia*

— Bon, Sia, nous aimerions que tu rencontres certains êtres et que tu leur fasses part des souvenirs qui te sont revenus, ceux qui concernent les vaisseaux et cette technologie.

Daven me conduit vers un petit groupe, tous assis sur des aérosièges dans une petite pièce à l'intérieur d'un grand dôme à l'architecture audacieuse.

Pour cette sortie, nous sommes partis à l'opposé du dôme palatial où Maître Seke semble travailler, pour rejoindre un ensemble de dômes à proximité d'une piste d'atterrissage. Pendant ce court trajet à pieds, j'ai vu au loin un vaisseau scintiller sur le tarmac derrière des barrières de protection auxquelles s'agglutinaient des travailleurs, le suivant telles des abeilles dans une ruche. Mais pour l'instant, je me sors tout cela de la tête, car parmi le groupe de pilotes zandians se trouve quelque chose d'incroyable qui ne semble pas en adéquation avec le reste.

— *Terre Mère*, c'est une pilote de chasse ?

Je reste bouche bée en regardant l'humaine qui se trouve devant moi. Son épaisse chevelure rousse est attachée sur son épaule de manière à laisser apparaître la finesse de son cou. Elle a l'air si délicate que j'ai presque envie de la prendre entre mes mains pour la protéger. Néanmoins, l'expression de son visage est pleine de puissance et de confiance, et lorsqu'elle se lève, il est clair qu'elle me jauge, tout comme elle jauge la pièce ou jauge tout le monde. Daven observe le monde également de cette façon. Cette humaine n'est pas comme toutes les autres, c'est une guerrière. Elle est évidemment bien plus remarquable que moi, puisque je me résume à un cerveau ruiné et un tas de mensonges.

— Je m'appelle Mirelle.

Elle s'approche et, à ma grande surprise, me serre brièvement dans ses bras, ce qui me laisse l'occasion de sentir à quel point elle est musclée sous sa tenue de combat.

— Oui, je suis pilote. Une combattante de la liberté devenue guerrière zandianne, reprend-elle.

— C'est l'une de nos meilleures recrues.

Un grand guerrier zandian passe un bras autour d'elle d'un geste possessif. Ses cornes s'inclinent dans sa direction.

Mirelle lui sourit, et je décèle immédiatement qu'ils sont partenaires. Ils semblent si heureux ensemble.

— C'est vrai, dit-elle en hochant la tête en direction du puissant guerrier. C'est mon commandant et l'un de mes compagnons. Nous partons en mission ensemble.

— Waouh.

Je croise les mains devant moi.

— J'ai été sauvée récemment. J'ai fait part à Daven de choses dont je me suis souvenue, sur les humains et l'utilisation de la vitamine C.

Par les étoiles, je dois avoir l'air débile. J'aspire à être aussi énergique qu'elle. Cette femme est clairement un cadeau inespéré pour cette planète. Comment puis-je lui ressembler ?

— J'ai entendu parler de ça ! répond-elle, manifestement ravie que j'aborde ce point assez insignifiant. Et il y a eu d'autres choses aussi. Tu as manifestement une mémoire inégalable. Daven m'a dit que tu te souvenais de certaines choses dont les Ocretions ont parlé à bord des vaisseaux ? Il a dit que le fait d'en parler avec nous, enfin avec moi, t'aiderait peut-être à t'en souvenir davantage.

— J'essaierai avec plaisir, dis-je en priant sincèrement pour que je puisse extraire quelque chose d'intéressant du piège à rats qui me sert de cerveau.

— Asseyons-nous ! Parle-moi un peu de toi, s'exclame-t-elle avec enthousiasme en me dirigeant vers les aérosièges.

Je vois bien qu'elle essaie de me mettre à l'aise, mais avec tous les Zandians qui nous regardent, je me sens vulnérable. Je serre mes bras contre ma poitrine et me mords la lèvre.

— Hum, laissé-je entendre, incapable de dire quelque chose.

Mirelle me regarde puis lance un coup d'œil à son commandant qui incline la tête puis hoche la tête.

— Daven, et si nous laissions les deux humaines discuter seules ? Mirelle est tout à fait capable d'enregistrer toute information sensible, suggère-t-il.

Les Zandians se concertent, puis tous se lèvent et nous laissent seules. Je me sens tout de suite plus à l'aise.

Mirelle rit.

— Ça peut être un peu intimidant au début, je sais, il y a tant de Zandians autour de nous, explique Mirelle en riant.

Elle a un sourire magnifique.

— Mais tu t'y habitueras.

— Comment es-tu arrivée ici ?

L'histoire de son arrivée sur Zandia attise ma curiosité.

Son visage s'assombrit brièvement, et tandis qu'elle me raconte comment cela s'est passé, une gêne s'immisce en moi. Toutes les humaines de cette galaxie ont un passé douloureux, et Mirelle ne fait pas exception.

— Mais j'ai cru comprendre que tu te souvenais de beaucoup de choses intéressantes concernant les Ocretions ? me demande-t-elle en me laissant très clairement la parole.

J'acquiesce.

— Eh bien, oui. Récemment, des souvenirs me sont revenus concernant les nouveaux protocoles d'occultation...

Elle se penche vers moi, les yeux brillants.

— Vraiment ? Parce que c'est d'une extrême importance, Sia. Pour l'instant, ils n'ont pas le meilleur système d'occultation qui soit, et nous pouvons toujours détecter leurs vaisseaux même s'ils pensent qu'ils sont dissimulés. Mais s'ils s'améliorent...

Elle secoue la tête, le visage sombre.

— Cela pourrait être un désastre. Nous comptons sur notre capacité à les localiser à tout moment pour assurer la sécurité de notre planète.

Je me contracte jusqu'aux tréfonds de mon être et ferme les yeux. Si je m'y prends bien, je peux faire en sorte que ma puce me restitue les souvenirs dont j'ai besoin, tout en l'empêchant d'enregistrer quoi que ce soit de nouveau. Cela nécessite ma concentration la plus absolue, et il m'arrive parfois de perdre le fil.

— Dois-je dessiner ce qu'ils montraient ?

— Pourquoi ne pas m'expliquer simplement ce qui te revient ?

— Eh bien, j'ai plutôt regardé ce qui s'est passé. Ils montraient des plans techniques sur un lecteur holographique pendant que j'étais dans la pièce. Je pense que je peux les reproduire pour vous.

— Hum, tu en es certaine ?

Au ton de sa voix, je comprends qu'elle ne s'attend pas à grand-chose.

— Si tu penses en être capable.

Elle ne pense pas que je sois capable de reproduire quelque chose de fiable. Après tout, comment un humain quelconque pourrait-il être capable de dessiner des plans d'ingénierie de mémoire ? Cela paraît fou.

Mais elle me tend une tablette. Je prends le stylet et ferme les yeux une seconde.

— Bien, la première chose c'était ça.

Je commence par le coin supérieur gauche, en fermant les yeux de temps en temps pour être certaine de chaque détail. Ensuite, cela me semble être de la simple copie.

— Ils ont écrit ces équations, tu vois, comme ça ?

Je retranscris de plus en plus vite car je m'habitue à utiliser mon cerveau comme s'il s'agissait d'un simple écran, puis transfère ce que je lis sur la tablette.

— Désolé, c'est un peu brouillon, ce sont des symboles que je n'utilise pas et que je ne comprends pas. J'essaie de les retranscrire tel que je les ai vus.

Je continue et remplis plusieurs pages, les unes après les autres.

— Et puis ce diagramme, ici.

Je fais de mon mieux pour restituer des lignes et des

angles corrects, et cela me semble loin d'être parfait, mais au moins je fais le maximum.

Quand je lève les yeux, le visage de Mireille révèle à la fois une expression vaguement étonnée et profondément concentrée.

— Sia, comment fais-tu ça ?

Elle a l'air presque effrayée lorsqu'elle pointe du doigt mon travail. Elle rapproche la tablette.

— *Bordix*, c'est une nouvelle technologie. Je pense qu'ils sont... Oh *par les étoiles*, il faut que j'apporte ça à Maître Seke immédiatement.

— Domm, Daven, vous devez revenir ici. Sia s'est souvenue d'une information cruciale ! dit-elle dans l'appareil qu'elle porte au poignet.

Elle se retourne vers moi.

— Comment peux-tu te souvenir de tout ça si tu ne l'as jamais étudié ?

— Je ne sais pas. Daven me le demande aussi. Je le fais, c'est tout. Peut-être que c'est le résultat de l'une des améliorations qu'ils m'ont attribuées. Ils ont exacerbé ma mémoire.

Je ne peux évidemment pas lui parler de la puce.

Mais après m'être autant concentrée, j'en ai mal à la tête. J'ai pu empêcher la puce d'enregistrer, mais elle a essayé plusieurs fois, et la contrer m'épuise.

— J'ai besoin de repos, dis-je en m'adossant à l'aérosiège. C'est douloureux pour mon cerveau.

— Voici du liquide. Et des fruits.

Elle m'apporte de quoi grignoter et s'assied à côté de moi.

— Sia, ce que tu viens de faire... Je ne connais pas d'autres humains avec une telle mémoire.

— Oh.

Je mange les baies et profite à sa juste valeur de la bouffée d'énergie qu'elles me procurent.

— J'imagine que j'en ai simplement bien l'habitude.

Mais une grande question résonne dans ma voix, et elle la décèle aisément.

— Sia, est-ce que tes anciens maîtres t'ont fait quelque chose de mal ? demande-t-elle en me touchant la main. S'il y a quelque chose que tu as peur de nous dire, je veux t'assurer que chaque être ici veillera sur toi et te protégera. Nous sommes tous dévoués à cent pour cent pour garder Zandia et les êtres ici à l'abri de toute menace, qu'elle soit immense, ou bien très petite.

La sincérité dans ses yeux me pousse à détourner le regard. Et si je menaçais à moi seule toutes les humaines sauvées ici ? Et si nous étions toutes la source du problème, nous renverraient-ils dès lors qu'ils nous sauront pucées ?

— Je..., dis-je en la regardant, presque suppliante. Il y a des choses que j'ai peur de dire. Tu comprends ça ?

— Bien sûr, je comprends. J'ai été une combattante de la liberté. J'ai sauvé des humains des pires situations. Je suis certaine que tu as vécu l'enfer. Mais Zandia est sûre pour toi, je te le promets.

Wahou ! Une combattante de la liberté. Mirelle est vraiment une personne exceptionnelle.

— Quand je suis arrivée ici, j'ai eu du mal à faire confiance à mes compagnons. Cela a pris du temps, explique-t-elle avant de me sourire. C'est de plus en plus facile. Essaie de te lier à Daven. Tu peux lui faire confiance.

Rien qu'en entendant le nom de Daven, mon pouls s'accélère. J'aime me lier à lui plus que tout, et je lui fais entièrement confiance. J'aimerais juste être sûre de pouvoir tout lui dire en toute sécurité, mais je ne le peux pas.

Elle s'intéresse à nouveau à la tablette sur laquelle elle fait défiler ce que j'ai transcrit.

— Par les étoiles, je n'arrive pas à y croire ! J'ai hâte de l'intégrer à nos systèmes. C'est vraiment phénoménal, Sia. Tu es une véritable héroïne d'être en mesure de nous fournir ça. Y a-t-il d'autres choses que tu peux nous communiquer ? Cela va être d'une aide précieuse pour Zandia.

— Si je me souviens d'autre chose, je les enregistrerai, dis-je en hochant la tête.

Je la regarde ensuite droit dans les yeux.

— Mireille, si un jour j'ai besoin de ton aide pour faire quelque chose de bien pour Zandia, tu m'aideras ? Je veux dire, si c'est vraiment urgent ?

Elle me regarde un instant, puis s'éternise un peu. Enfin, elle prend la parole :

— Oui, répond-elle à voix basse. Je ne veux pas faire quoi que ce soit qui pourrait nous attirer des ennuis, à toi et à moi. Mais je comprends les humains, Sia, et les difficultés que nous pouvons rencontrer. Alors, oui. Si tu viens me voir, je ferai de mon mieux, dans la mesure de mes moyens. C'est tout ce que je peux promettre.

— Merci.

Je me sens étonnamment mieux, comme si j'avais une alliée ici. Même si elle refuserait le rôle si elle savait que je suis une espionne potentielle au cerveau pucé. Mais si quelqu'un semble vouloir prêter main-forte aux humains souhaitant aider Zandia, c'est bien cette femme.

La porte s'ouvre et Daven entre. Mon corps réagit instantanément à sa présence, mon souffle se bloque dans ma gorge. Je me lève et lorsqu'il me sourit, la chaleur envahit mon corps.

Il me fait signe.

— J'ai entendu dire que tu as été d'une grande aide pour Zandia.

— J'essaie, dis-je, sincèrement.

Lorsque je le rejoins, il me prend dans ses bras et je me détends instantanément contre lui.

— Je veux aider.

Il lève les yeux pour croiser les miens et me caresse la joue.

— Merci, Sia. Dis-moi tout ce dont tu te souviens.

Je lutte contre le sentiment d'un désastre imminent et j'acquiesce en déglutissant :

— Je le ferai, Maître.

* * *

Daven

J'aime cette façon qu'a eue Sia de lever la tête lorsque je suis entré dans la chambre, en me regardant immédiatement fixement de ses yeux bruns et chauds. Elle s'est liée à moi, comme tout le monde l'avait prédit.

J'avais entendu parler de ce qui se passe lorsqu'un guerrier zandian exerce une domination sexuelle sur une femelle humaine, mais maintenant que j'y assiste de mes propres yeux, cela ne cesse de m'émerveiller. C'est fabuleux qu'une femme m'accorde toute son attention dès lors que j'entre dans la même pièce, de voir comment son corps réagit à proximité du mien. Un mot ou un regard sévère de ma part, et l'odeur de son excitation envahit la pièce.

Elle aime mes punitions. Elle pourrait me supplier pour que je la touche.

Je la désire aussi à chaque instant de chaque rotation de planète.

Quand je m'absente, j'ai hâte de revenir. Et cela n'est pas uniquement une question de plaisir sexuel. Je me languis du son de sa voix, de l'éclat de son sourire, de cette longueur d'onde sur laquelle nous sommes tous les deux, de sorte qu'il me suffit d'un simple mouvement de la tête pour qu'elle s'empresse de me faire plaisir.

Et maintenant, elle commence vraiment à nous partager des informations utiles. Elle prouve qu'elle est digne de confiance.

Je suis disposé à présenter ma requête au roi Zander afin qu'il m'autorise officiellement à faire d'elle ma femelle. J'ai envie de percer sa peau et d'y incruster mon cristal en guise de présent et de la marquer à jamais comme mienne.

Son expression est maintenant lumineuse. Elle est heureuse. Les humaines nouvellement arrivées sont stupéfaites de découvrir que certaines qui vivent ici sont dotées de compétences extraordinaires comme Mirelle. Et Mirelle n'est pas notre seule pilote de chasse humaine. Il y a également ment Cambry et son frère Tal.

Sia s'approche de moi et me passe les bras autour du cou pour me souhaiter la bienvenue.

Je glousse et passe un bras dans son dos pour attirer son petit corps plantureux contre le mien.

— Est-ce que tu as apprécié de rencontrer Mirelle ?

— Oui, souffle-t-elle. C'est incroyable de voir ce que les humains peuvent faire sur Zandia.

Je ressens quelque chose à la poitrine en lisant la joie sur son visage. Je ne peux me retenir de prendre son visage dans mes mains et de le lever pour l'embrasser. C'est un baiser long et lent pendant lequel ma langue caresse ses lèvres, puis plonge entre elles avec agressivité.

Lorsque je me retire, elle est à bout de souffle. Mes cornes sont épaisses et inclinées dans sa direction, tout comme ma verge. Elle lève les yeux vers mes cornes et tend la main pour en saisir une.

Je frissonne de plaisir lorsqu'elle la touche.

— Pas sans permission, ma petite, lui dis-je sans que mon ton ne soit sévère.

Je veux qu'elle touche mes cornes. Je veux qu'elle les embrasse, qu'elle les lèche, qu'elle les suce entre ses lèvres délicieuses.

Je glisse mon avant-bras sous ses fesses et la soulève pour qu'elle se trouve à califourchon sur ma taille.

— Allons faire une balade.

Elle passe ses bras autour de mon cou et ses lèvres effleurent l'une de mes cornes. Je retiens un gémissement.

— Une balade ?

— À bord de mon vaisseau. Je te laisserai piloter.

Sous l'effet de la surprise, Sia reste bouche bée. Ses lèvres s'entrouvrent de surprise.

— Vraiment ? Oh ! Mais je ne sais pas comment faire.

Je glousse.

— Je vais te montrer. Les humains peuvent tout faire sur Zandia, tant qu'ils contribuent à la société. Tu avais l'air enthousiaste à l'idée qu'un humain puisse être pilote. Voyons si c'est une voie que tu aimerais explorer par la suite.

Je l'emmène jusqu'à mon petit vaisseau de combat et l'installe dans le cockpit, à côté de moi. Son regard balaye tous les instruments et elle sourit lorsque je lui explique ce que fait chacun d'entre eux.

Je décolle, mais une fois que nous sommes au-dessus de l'atmosphère zandianne, je la laisse prendre les commandes pendant un moment. Elle nous entraîne dans quelques piqués et pirouettes que je dois corriger, mais rien de tout cela n'est réellement dangereux, et elle le sait.

Lorsque j'atterris, je me tourne vers elle.

— Alors, qu'en penses-tu ? Tu penses avoir de l'avenir en tant que pilote de chasse ?

Elle sourit et secoue la tête.

— Je ne crois pas, mais merci de m'avoir laissé essayer, répond-elle en me tendant la main. C'était amusant.

J'entrelace mes doigts dans les siens.

— J'aime te voir heureuse, Sia.

Ses yeux s'illuminent de larmes.

— Pourquoi pleures-tu ? lui demandé-je en fronçant les sourcils.

Elle secoue la tête.

— Non, ce sont des larmes de bonheur. Tes mots comptent pour moi.

— Comment ça ?

Elle déglutit.

— Tu tiens à moi... Enfin... Est-ce que c'est le cas ?

J'ai comme un trop-plein dans la poitrine. Elle a raison. Je tiens à cette petite humaine. Elle est tout pour moi.

— Oui.

Je me penche vers sa joue et l'embrasse à nouveau.

— Je veux faire de toi ma compagne, dis-je sans trop y réfléchir, sans me demander si je ne me précipite pas encore une fois. Ça te plairait, ma petite humaine ?

— Qu'est-ce que ça veut dire ?

— Cela veut dire que je te transpercerais avec mon cristal et que tu deviendrais officiellement mienne, pour toujours. Tu porteras mes enfants, et nous serons une famille.

— Oui ! s'écrie-t-elle en riant. Oui, c'est ce que je veux, Maître.

Un changement s'opère en moi. La colère laissée par la trahison d'Illiana se dissipe. L'inquiétude que Sia fasse de même ou qu'elle cache volontairement quelque chose s'estompe.

Elle veut être ma compagne et porter mes enfants. Si c'est bien le cas, plus rien d'autre n'a d'importance.

Son passé n'a pas d'importance. Je crois qu'elle continuera à partager ce dont elle se souvient. Elle veut apporter son aide. Elle veut m'appartenir. J'ai confiance en mes sentiments.

— Viens, dis-je d'une voix bourrue tant je suis excité.

Je l'arrache au siège du cockpit et la sors du vaisseau pour l'installer sur l'aéroglisseur.

— On va le faire maintenant ?

L'enthousiasme dans sa voix me fait craquer.

Je devrais d'abord demander la permission au roi Zander, mais je ne veux pas attendre un instant de plus pour revendiquer ma petite humaine.

— Oui.

J'arrive à toute vitesse à mon domicile et je sors Sia de l'engin.

— Rentre. Déshabille-toi, agenouille-toi au sol et attends-moi, lui dis-je.

Une fois qu'elle est à l'intérieur, j'appelle Maître Seke, mon commandant, grâce à mon bracelet de communication. Son hologramme apparaît devant moi.

— Oui ?

— Je vais faire d'elle ma compagne.

Il hausse les sourcils.

— Tu me le dis ou tu me le demandes ?

Je ne sais pas ce qui me prend, mais je refuse de demander. J'ai déjà pris ma décision, et rien ne m'arrêtera plus, pas même Maître Seke. Pas même le roi Zander.

— C'est la meilleure chose à faire. Elle vit déjà comme si elle était ma compagne. Elle veut porter mes enfants. Quels que soient les secrets qu'elle garde encore, je finirai par les lui arracher.

Maître Seke incline la tête.

— Je t'apporterai mon soutien.

— Merci, Maître.

Je m'incline devant son hologramme avant qu'il ne mette fin à l'appel.

Puis je rentre enfin pour que ma petite humaine devienne enfin ma compagne.

Chapitre Treize

S*ia*

Je tremble d'excitation. Le simple fait de me déshabiller et de m'agenouiller pour Daven me donne l'impression d'être soumise et désirable. Je suis à lui.

Je n'arrive pas à croire qu'il va faire de moi sa compagne ce soir !

J'en ai toujours eu envie, mais je n'osais pas croire que cela arriverait, surtout parce que Daven semblait toujours se retenir. Mais devenir une véritable famille change complètement la donne. Cela implique une sécurité que je ne ressentais pas auparavant.

J'ai le sentiment d'appartenir à Zandia.

Les émetteurs dans nos têtes se révèlent plutôt gérables. Mes amies apprendront à contrôler les leurs comme je l'ai fait. Et si ce n'est pas possible, maintenant nous connaissons une pilote humaine. S'il le faut, je demanderai à Mireille de voler jusqu'à la planète Larew pour que je puisse désactiver les puces du laboratoire.

La culpabilité me tenaille. Daven est mon compagnon, et je lui cache encore tout cela.

Il est peut-être temps de lui dire la vérité, de le mettre à la page.

Mais pas ce soir.

Je ne veux pas gâcher ce moment si unique.

Il entre, les belles lignes de son visage rendent son expression impénétrable.

Pourtant, je peux voir à l'épaississement et à l'inclinaison de ses cornes que le fait de me voir agenouillée ainsi l'excite.

Il s'approche et se place au-dessus de moi.

— Voilà une gentille humaine. Sors ma queue.

Je me lève sur les genoux pour être au niveau de sa taille. Il porte la tenue traditionnelle des guerriers zandians : une tunique et un pantalon blancs faits d'une matière finement tissée qui a certainement coûté plus cher qu'une centaine d'esclaves humains. D'une main, il retire sa tunique tandis que j'abaisse suffisamment son pantalon pour libérer son sexe en érection.

— C'est bien, me félicite-t-il.

J'enroule mes doigts autour de la naissance de sa verge en l'orientant vers ma bouche. J'écarte les lèvres.

— Attends d'avoir ma permission, prévient-il.

Je reste suspendue, les lèvres ouvertes, le visage à quelques centimètres de son énorme membre violet. Une goutte annonciatrice aux couleurs de l'arc-en-ciel s'échappe de sa fente.

— Lentement, ordonne-t-il.

Je tends la langue et la passe sur son intimité pour goûter son fluide.

Sa verge tressaille dans ma main et Daven pousse un grognement de plaisir.

Cela m'encourage à passer ma langue autour de son gland en suivant les contours lisses et les lignes de ses veines épaisses.

Je prends dans mes mains ses bourses imposantes avant d'introduire son membre dans ma bouche aussi loin que possible.

Daven grogne et me saisit une poignée de cheveux pour inciter ma tête à avancer et reculer sur sa verge.

J'aime qu'il contrôle le mouvement, qu'il me montre ce qu'il aime, qu'il dirige l'action.

Il s'enfonce plus profondément, heurtant le fond de ma gorge, me faisant monter les larmes aux yeux, mais je m'efforce de me détendre et de continuer à sucer. Il gémit en accélérant.

Mes tétons se raidissent et mon entrejambe s'humidifie en le sachant excité. Il est sur le point d'éjaculer.

— Bordix, Sia, je sens ton excitation. Aimes-tu faire plaisir à ton maître ?

Je me retire assez longtemps pour articuler *Oui, Maître*, puis je reprends ma tâche.

Il resserre ses doigts dans mes cheveux. Ses bourses se soulèvent et il atteint l'orgasme en se déversant dans ma bouche, jusque dans ma gorge.

Je l'avale et me lèche les lèvres tandis qu'il me caresse le visage.

— As-tu aimé faire plaisir à ton compagnon ? demande-t-il d'une voix douce.

— Oui, Maître, murmuré-je.

— C'est bien.

Il me soulève et m'installe délicatement sur le dos sur la

couchette. Il me laisse là et se dirige vers un tiroir. Il en sort un pistolet et l'arme avec quelque chose.

— Où veux-tu porter mon cristal ?

J'ai vu d'autres humains avec des piercings. Certains les portent dans le nez, d'autres aux oreilles, d'autres encore sur les joues ou les sourcils.

— Choisis pour moi, lui dis-je.

Il grimpe sur moi, passe légèrement son doigt sur les contours de mon visage, puis descend le long de ma gorge, jusqu'entre mes seins.

— Je veux que ce soit un endroit que tout le monde puisse voir. Pour qu'ils sachent que tu m'appartiens.

Il pose son doigt sur le haut d'une de mes oreilles.

— Ici.

Il place la bouche du pistolet sur la chair de mon oreille et appuie sur la gâchette. Je sursaute sous l'effet de la douleur, mais Daven laisse sa bouche s'abattre sur la mienne pour balayer le mal d'un baiser.

— Maintenant, tu es à moi, douce femelle, murmure-t-il. Ma compagne. Ma petite humaine. La future mère de mes enfants.

Les larmes coulent de mes yeux.

— Je suis si heureuse, dis-je en reniflant.

Daven sourit.

— Écarte les jambes, ma belle. Cette fois, je veux cette jolie chatte.

Chapitre Quatorze

S*ia*

Le lendemain, je m'en vais retrouver mes amies dans la grotte d'un arbre Cresta aromatique. Depuis que je suis devenue la compagne de Daven et que j'ai gagné sa confiance, j'ai le droit de partir toute seule pour ce genre de sorties. Je peine à réaliser la chance que j'ai, quand bien même la culpabilité me dévore de l'intérieur dès lors que je le vois me sourire. Je lui cache encore des choses et cela me rend malade.

Mais pour le moment, j'ai hâte de voir Flora et Katia. La dernière fois que nous nous sommes retrouvées seules, nous avons toutes été ravies de nous rendre compte que chacune d'entre nous avait pu utiliser ma technique pour empêcher nos puces d'enregistrer. Et mieux encore, elles ont toutes les deux été en mesure d'exploiter des informations intéressantes de leurs propres puces et d'en faire part à leurs maîtres. Je suis soulagée car tout se passe pour le mieux. Bientôt, nous serons en sécurité ici et toute la société zandianne nous fera pleinement confiance.

Dès qu'elles m'aperçoivent, elles s'avancent vers moi en poussant des cris d'admiration.

— Qu'est-ce que tu as à l'oreille ?

— C'est le cristal de ton mâle ?

Je touche mon oreille car j'aime sentir cette pierre précieuse sous mes doigts.

— Tout à fait. Daven a fait de moi sa compagne, dis-je tout en rougissant alors que j'évoque ce souvenir.

Flora tend la main pour le toucher, mais s'abstient finalement.

— Je peux ?

Je hoche la tête timidement.

— Ce n'est plus douloureux. C'est seulement agréable. Vas-y.

— C'est magnifique ! Et tu es rayonnante, si heureuse. Ça saute aux yeux.

Elle touche doucement mon cristal.

— J'aimerais un jour en avoir un, dit-elle avec convoitise, mais en souriant tout de même.

Katia hoche la tête.

— Oh, Sia, tu es un modèle pour nous. Cela nous donne espoir qu'il nous arrive la même chose un jour, explique-t-elle en me faisant un signe de la main. Entretenir une relation, avoir un compagnon, tout ça.

Mais soudain, son sourire se transforme en grimace. Elle pousse un cri, se prend la tête, puis bascule comme si son propre corps lui échappait. Elle est à terre et convulse, puis s'immobilise.

— Katia ! Qu'y a-t-il ? m'écrié-je en me penchant pour toucher son visage.

Paniquée, Flora se penche sur elle.

— Katia ! s'exclame-t-elle en lui saisissant la main.

Mais notre amie ne répond pas. Elle se maintient vigoureusement le front puis ses yeux se ferment. De petits gémissements et quelques souffles semblent s'échapper de sa gorge, et une fine couche de sueur recouvre son cou et ses joues. Un minuscule insecte rose bourdonne tout près de son nez, puis s'éloigne.

— Sia, c'est la puce.

Flora est toute pâle en cette journée pourtant chaude. Ses grands yeux semblent s'embraser à la fois de colère et de peur. C'est une expression que j'ai déjà vue chez elle.

C'était lors d'une rotation de planète qui restera à jamais gravée dans nos mémoires.

— Que s'est-il passé ?

— Tu le sais bien. Il s'est passé la même chose qu'avec Neera.

Flora s'agenouille à côté de Katia et lui tient la main.

— Tu te souviens ? Elle a dit que sa puce s'était activée, puis elle s'est effondrée.

— C'est la puce ? Tu es sûre ?

Je me baisse aussi et touche l'épaule de Katia. Elle est encore en vie, ce n'est donc pas le même cas de figure que celui de Neela. C'est une bonne chose.

— Je croyais qu'on avait trouvé le moyen de l'arrêter.

L'expression de Flora révèle sa peur sinistre.

— Je ne sais pas ! Peut-être qu'elle n'y arrivait pas. Peut-être qu'elle a menti quand elle a dit qu'elle pouvait le faire aussi.

Elle détourne le regard.

— Je ne voulais pas te le dire parce que j'avais peur que tu dises quelque chose. Et nous voulions gagner plus de temps. J'aurais dû te le dire.

Je donne un nouveau coup de coude à Katia, puis encore un autre plus fort.

— Réveille-toi. C'est nous, tout va bien, Katia, s'il te plaît !

— Ma puce ! Je crois qu'elle est en train de s'activer ! s'écrit-elle.

Puis elle est prise de tremblement, s'éloigne de moi, et essaie de se mettre en boule. Le pollen des arbres s'emmêle dans ses cheveux. Je le repousse d'un revers de la main, et tressaille lorsque mes doigts effleurent sa peau.

— Terre Mère, elle est horriblement brûlante, dis-je en retirant ma main de son visage. Tu as vu ça ?

Flora ne semble pas m'entendre. Son regard se dirige en tous sens tel un animal pris au piège, mais il n'y a rien d'inhabituel aux alentours.

— Y a-t-il un vaisseau ocretion au-dessus de nous ?

Elle regarde le ciel, mais il n'y a rien si ce n'est l'étincelante étoile zandianne. Le reste de l'espace n'est pas visible à l'œil nu de toute façon.

— Est-ce qu'ils viennent nous chercher après tout ce temps ? demande-t-elle d'une voix si tremblante que j'ai du mal à la comprendre. J'étais tellement certaine que nous étions en sécurité !

— Je ne sais pas !

Je détourne la tête tant je suis sous le coup de l'émotion. Il n'y a rien autour de nous si ce n'est les arbres zandians qui bordent l'espace de loisirs, des fleurs et, au loin, la grande place. Je ne vois même pas Daven, même si j'ai toujours la possibilité de l'appeler grâce à mon bracelet de communication holographique. Il reste toujours à proximité lorsque je suis en compagnie de mes amies.

Flora semble prête à en découdre.

— Nous devons faire quelque chose. On ne va pas les laisser la tuer.

Je secoue Katia plus fort.

— Réveille-toi. Katia, s'il te plaît, dis-nous ce qui se passe.

Mais elle n'y arrive pas. Tout son corps reste immobile, puis elle perd sa tonicité. Sa respiration est laborieuse, puis devient rauque. Son visage commence à prendre une teinte grise bleutée.

— Il nous faut de l'aide, dis-je en me levant alors que mon cœur s'emballe. Je dois… Il faut dire à quelqu'un ce qui se passe.

— Non. Il doit y avoir un autre moyen. Pense à ce qu'ils nous feront ! rétorque Flora en s'agrippant à moi en plantant ses ongles dans mon bras.

— Ça va au-delà de ça !

Je suis en colère contre elle, contre moi, contre toute cette situation qui s'envenime.

Je crie :

— C'est déjà en train d'arriver ! Elle va mourir ! Et c'est de notre faute parce que nous avons décidé de garder notre passé totalement secret. Et s'ils sont là-haut…

Je pointe sauvagement le ciel.

— Et qu'ils s'approchent suffisamment, alors oui, ils peuvent peut-être tous nous anéantir. Ou obtenir les informations contenues dans nos puces, tout ce qui a été enregistré avant que nous ayons trouvé le moyen de leur bloquer l'accès.

— Peut-être devrions-nous la laisser se remettre d'elle-même, dit Flora à voix basse. Peut-être que ce n'est pas la puce après tout.

Elle me tire le bras.

— Peut-être qu'elle est simplement malade ! On a tout le

temps mal à la tête, ça bourdonne à l'intérieur et il s'y passe des choses bizarres. Cela ne veut pas dire que la puce s'active vraiment ! Elle panique, c'est tout.

Pendant une microseconde, je réfléchis. Pourrait-on prétendre qu'elle est tombée et s'est cogné la tête ? Simplement espérer que tout se passera pour le mieux ? Mais en regardant le visage de Katia, j'ai la certitude qu'elle a immédiatement besoin d'aide.

J'en ai assez des mensonges. Je sais ce que je dois faire. J'appuie sur le bouton de mon bracelet de communication holographique.

— Daven ! crié-je d'une voix qui suinte la peur panique. J'ai besoin de toi. Aide-moi, s'il te plaît.

Je me lève en relevant la tête pour l'apercevoir, et je suis soulagée de le voir courir dans ma direction.

Il ne lui faut que quelques secondes pour arriver à mes côtés. Avant même de tourner les yeux vers Katia, il prend un instant pour m'examiner du regard.

— Sia, tu vas bien ? demande-t-il en me touchant le visage.

L'inquiétude que je lis dans ses yeux me prend aux tripes. C'est la dernière fois qu'il me regarde ainsi avec autant d'attention, avant qu'il ne découvre mon énorme mensonge.

J'attrape sa main, espérant lui faire comprendre sans qu'un seul mot soit nécessaire que je tiens à lui, que je suis désolée pour tout ce qui va se passer.

— Je vais bien. C'est Katia. Elle s'est effondrée. Elle a besoin d'aide.

Il se baisse et touche son cou, trouve son pouls. Puis il aboie des ordres dans son bracelet de communication et se retourne vers moi.

— J'ai réclamé le médecin et l'équipe médicale. Nous

allons l'aider. A-t-elle mangé quelque chose de nouveau ? A-t-elle été malade ?

— Non, dis-je en me penchant. Ce n'est pas ça. Je...

Plusieurs guerriers arrivent en courant avec une équipe médicale.

— C'est... il y a quelque chose que je dois te dire.

Je ne peux même pas regarder son visage. La culpabilité est si écrasante que j'ai envie de vomir.

— Et ça ne va pas te plaire. Je suis désolée.

— *Maintenez sa tête, elle commence à convulser.*

— *Vite, mettez-lui le patch sédatif et sortez le kit d'analyse.*

— Qu'est-ce qui s'est passé ?

Daven me prend le bras, il sent déjà que quelque chose ne va pas. Il ne m'empoigne clairement pas d'une manière enviable.

— Sia. Parle.

— C'est sa puce ! crie Flora, les mains sur les hanches, les yeux remplis de larmes de colère. Ils ont activé la puce dans son cerveau, et l'on va tous mourir !

— Quoi ?

Le ton glacial de Daven est si impressionnant que je sursaute. Lorsque je parviens enfin à tourner les yeux vers lui, son regard est sauvage.

— Sia, c'est quoi cette histoire de puce ?

Je respire profondément.

— Daven, nous avons des implants dans la tête qui ont été installés par les Ocretions. Je ne te l'ai jamais dit. Je voulais le faire. Mais j'avais peur que cela signe mon arrêt de mort. Ils ont essayé d'enregistrer des informations, et il est possible que si les Ocretions sont à portée, ils puissent activer les puces pour télécharger des données et trouver notre position exacte.

Je déglutis et j'ajoute :

— Et ils peuvent aussi nous tuer à distance. Nous ne sommes pas en sécurité s'ils sont à portée. Mais on parle d'une distance de 15 000 clics, je le jure !

Ma voix est plaintive et faible, c'est étrange que quelque chose d'aussi petit puisse anéantir toute une relation. Daven, face à moi, commence à réaliser ce que je dis, je constate comment son attitude change alors qu'il me regarde de plus en plus comme si j'étais une étrangère et une ennemie.

— Je pense vraiment que nous sommes hors de portée, il faudrait qu'ils soient sur cette planète. Mais il semble que Katia a dit quelque chose concernant l'activation de sa puce, puis elle s'est effondrée.

— Emmenons-la au dispensaire, crie-t-il sur quelqu'un.

L'équipe médicale installe Katia dans une aéromobile et l'emmène.

Plusieurs guerriers restent, dont Daven et Maître Seke.

— Pendant tout ce temps, il y a eu des puces dans vos cerveaux qui enregistraient tout ? demande froidement Daven.

— Je ne sais pas si elles enregistraient tout. Je suis presque certaine qu'elles ont été codées pour se déclencher en entendant des mots-clés comme *Zandia*, *humains*, et d'autres choses.

— Et les informations de ces puces ont-elles été téléchargées ? demande-t-il d'une voix pressante. Réfléchis, Sia. Vite.

Il serre mon bras plus fort.

— Aïe ! lâché-je dans un cri.

Il libère mon bras, mais me transperce du regard.

— Sia, ont-ils téléchargé les données ?

Je secoue la tête.

— Je ne crois pas. Non, pas si nous sommes hors de portée. J'en suis sûre.

— Comment peux-tu en être sûre ? rugit-il. Tu aurais dû nous le dire immédiatement ! Nous aurions pu vous mettre en sécurité. Nous mettre tous en sécurité. Maintenant, nous sommes tous en danger !

Je me recroqueville tandis que les larmes troublent ma vision.

— Je suis désolée. Tellement désolée.

— *Bordix*, elles pourraient mettre à mal toute notre planète, s'insurge Seke. Emmenez-les aux cachots, là où nous pouvons bloquer toute transmission entrante ou sortante. *Tout de suite.*

— Oui, commandant.

Daven me regarde fixement, mais son expression est vide. Il ne montre rien. Pas d'amour. Pas de colère. Rien.

Oh, *par les étoiles*. Ma pire crainte s'est réalisée.

Je suis morte à ses yeux.

Chapitre Quinze

D*aven*

Tout mon corps se pétrifie. Ça recommence, encore une fois.

J'ai accordé ma confiance totale à cette humaine, et elle nous a tous trahis.

— Depuis combien de temps le sais-tu ? demandé-je en attrapant Sia pour l'emmener dans les cachots.

Elle trébuche à mes côtés.

— Depuis... le début, presque. C'est venu par morceaux. Je me suis souvenue de certaines choses et j'ai tout assemblé avec Flora. Je ne t'ai rien dit parce que je craignais quelque chose comme ça. Et j'avais promis à Flora de ne rien dire depuis le début. Ils ont menacé de nous tuer instantanément par le biais de la puce si nous en parlions.

L'idée que ce qui est arrivé à leur amie Katia puisse

arriver à Sia fissure pendant un instant le granit que j'ai dans la poitrine.

Bordix, si quelque chose lui arrive...

Mais ça n'a pas d'importance. Je ne peux pas la garder comme compagne après ce qu'elle a fait. Pourquoi ne m'a-t-elle pas fait confiance ?

Sia continue de s'expliquer. :

— Daven, j'avais peur que votre roi ne nous permette pas de rester. Ou qu'il ordonne notre mise à mort. Mais j'ai essayé de trouver un moyen d'arrêter les puces !

Elle se tourne vers moi avec des yeux suppliants, mais je refuse de la regarder.

— Je comptais te le dire dès lors que j'en aurais su davantage. J'ai appris à mettre un terme à l'enregistrement et je leur ai enseigné. J'espérais pouvoir les désactiver complètement.

— Manifestement, tu n'y es pas arrivée ! lâché-je à bout. Katia en est la preuve.

— Je ne...

Elle tremble comme si elle avait froid.

— Tu as peut-être tué ton amie par ton silence, et tu as mis en péril toutes les autres humaines, et...

J'écarte un bras.

— Et tous les Zandians avec tes mensonges. *Bordix*, Sia.

Je passe une main entre mes cornes.

— Tu nous as tous trahis !

— Je suis désolée, Daven. J'ai eu peur. Nous avions peur de ce que vous feriez si vous saviez. Et je croyais vraiment que nous ne risquions rien parce que nous étions si loin d'eux. J'ai pensé que je pouvais trouver un plan.

Je m'arrête et me retourne pour la regarder fixement. Croit-elle vraiment ce qu'elle dit ?

— Toi, une humaine sans ressources ni libertés, tu

allais mettre un plan à exécution toute seule, quelque chose de plus efficace que ce que tous les guerriers et intellectuels zandians étaient capables d'élaborer ? Si tu nous l'avais dit, nous aurions mis nos meilleurs savants à contribution !

Je me remets en marche en l'entraînant avec moi.

Derrière nous, des guerriers escortent Flora, Alyza et Janae.

Le visage de Sia se décompose et je sens l'odeur de ses larmes.

— Je suis désolée.

Elle trébuche, sûrement incapable de voir où elle met les pieds tant elle pleure.

Bordix, ses larmes vont finir par ébrécher encore un peu plus l'enveloppe de pierre qui entoure mon cœur.

— Daven, je suis vraiment désolée. Je ne savais pas quoi faire.

— Tout aurait été acceptable, sauf ça. Sia, je t'ai offert de nombreuses occasions de m'en parler, de me dire la vérité. N'ai-je pas été bon avec toi ?

Ma mâchoire est si contractée que je n'arrive plus à parler.

— Si, sanglote-t-elle en me provoquant des élans de douleur dans la poitrine. Mais j'avais tellement peur. Je ne savais pas quoi faire. Je ne voulais pas te perdre, Daven.

Je lutte entre l'envie de la serrer contre moi et d'apaiser sa douleur, et la certitude qu'on ne pourra jamais lui faire confiance. Ce n'est pas une compagne convenable pour moi. Quand apprendrai-je enfin de mes erreurs ?

Je dois renoncer à elle.

Nous marchons vers les cachots en silence. Lorsque nous atteignons les escaliers, je la confie au garde qui s'y trouve.

— Emmenez-les dans une cellule de détention, lui dis-je. Elles sont un danger pour Zandia.

— Daven, attends, crie Sia, les poings serrés dans ma tunique.

Je retire ses doigts.

— Je ne peux pas te garder.

Je m'efforce de garder une voix égale, et de ne pas écouter mon cœur pour rester intransigeant.

— Je ne peux pas garder une humaine qui représente un risque pour Zandia. Une femelle en qui je ne peux même pas avoir confiance. Je ne te connais même pas, dis-je avant de répéter, plus doucement. Je ne te connais pas.

Je me détourne d'elle et la pousse vers le garde.

— Prenez-les maintenant.

Chacun de mes pas se fait plus lourd que le précédent à mesure que je m'éloigne d'elle, il m'est de plus en plus difficile d'avancer. Lorsque j'atteins les marches du palais, je me sens plus lourd qu'un vaisseau armé, plus vieux que l'étoile zandianne.

J'assène un coup de poing assez fort pour laisser une trace dans le mur de métal martelé le plus proche. L'impact brille au soleil et cela me rend encore plus furieux. Ma main me fait à peine mal, et cela me met aussi en colère. Je veux faire mal.

Les guerriers aux alentours se retournent et me regardent. Il est inhabituel qu'un Zandian éprouve de vives émotions. Du moins, c'était le cas jusqu'à ce que les humains arrivent sur notre planète et nous changent tous.

Il semble que j'ai changé moi aussi.

Mais que suis-je devenu, si ce n'est un être brisé ?

Trahi une seconde fois ?

Je frappe à nouveau le mur.

Je l'ai bien traitée. Je l'ai honorée, j'ai pris soin d'elle. J'ai été bon avec elle. Pourquoi s'est-elle entêtée à mentir ? Je regarde fixement le sol où le vent fait tourbillonner la poussière. Je pensais que nous faisions des progrès. Je pensais qu'elle commençait à être honnête avec moi. Pourquoi ne m'a-t-elle pas simplement parlé du danger qu'elle courait ?

Je trouve une réponse à ma propre question : parce que les humains sont des créatures fourbes. Et il n'y a pas d'exception. Et je n'ai pas été assez adroit pour comprendre qu'elle cachait quelque chose de si important. J'ai échoué, encore une fois.

Les souvenirs de la dernière fois où j'ai fait confiance à une humaine affluent dans mon cerveau. *Bordix*, n'avais-je donc rien retenu de ma première erreur ?

Maintenant, Zandia est en danger et...

Et je n'ai plus de compagne.

Sia n'est plus ma compagne.

Bordix. Je ne sais pas comment je vais survivre sans elle.

Chapitre Seize

S *ia*

Je ne peux pas garder une humaine qui représente un risque pour Zandia.

Les mots de Daven résonnent dans mon oreille, tout le reste de la rotation de planète.

Il ne veut plus de moi, il ne me veut plus comme compagne.

Rien, aucune autre issue, ne pourrait être pire que celle-ci.

Pas même ma mise à mort par la puce que j'ai dans le cerveau.

J'essayais juste de nous garder en vie, mais si Daven avait raison ? Katia pourrait-elle mourir parce que je n'ai pas parlé ? Pourquoi ai-je accordé plus d'importance à ma promesse à Flora qu'à mon engagement envers Daven ?

Je n'ai pas encore entendu si Katia respire encore.

La pièce dans laquelle je suis enfermée est plus petite que celle dans laquelle je vivais à mon arrivée, et il fait assez froid, sûrement à cause des matériaux qui font office de remparts, et parce que la cellule est enterrée. Ce n'est pas effroyable, mais ce n'est pas joli non plus, et bien que j'aie une couchette avec une couverture et qu'il y ait une petite salle de bain attenante, j'ai peur et je me sens très seule.

On m'a apporté mon repas par un trou dans la porte hier soir et ce matin, mais je n'ai encore vu personne.

Je tape sur le mur, espérant peut-être pouvoir communiquer avec Flora, Alyza ou Janae, mais mon poing ne produit aucun bruit sur ce béton épais, et j'abandonne immédiatement en m'effondrant sur les coussins et fondant bruyamment en larmes.

Comment tout a-t-il pu si mal tourner en si peu de temps ?

Il est clair que tous mes mensonges ne m'ont pas aidé.

Je me creuse la tête en essayant de trouver une idée pour arranger les choses avec Daven, mais rien ne me vient.

Je dois d'abord trouver comment résoudre le tort que j'ai causé à Zandia. Je dois prouver que nous ne sommes pas une menace, que nous sommes dignes de confiance, que nous ne sommes pas des traîtres et que nous ne trahirons jamais Zandia.

La seule façon d'y parvenir, mise à part sacrifier nos vies pour qu'ils détruisent les puces, consiste à me rendre sur Larew pour désactiver toutes les puces.

Je me concentre de toutes mes forces sur la puce et sur les souvenirs qui y sont stockés. *Par les étoiles*, il y a tellement de choses que j'ai enregistrées pendant qu'ils m'entraînaient et me testaient. Il y a des choses qu'ils n'auraient jamais laissé entendre à une esclave comme moi en un million de cycles solaires, sauf qu'ils nous estimaient comme débiles et remplaçables. Ils pensaient certainement que nous mourions peu de temps après. Ils ont peut-être négligé certaines choses.

Alors que je force mon cerveau à se concentrer sur tout ce qui concerne Larew, tout un ensemble de nouveaux souvenirs se révèle à moi.

— Par les étoiles ! soufflé-je. Je me souviens de tout !

Les codes d'accès aux bâtiments du laboratoire me reviennent en mémoire, tout l'aménagement des locaux, les horaires de rotation des gardes... J'ai entendu, et clairement enregistré, tout cela pendant qu'ils travaillaient sur moi.

— Je peux le faire ! dis-je en pleurant tant je suis exaltée. Je peux tout résoudre ! Je sais comment désactiver toutes les puces depuis le panneau de contrôle !

Puis mon cœur se serre. Même si Daven, ou n'importe qui d'autre ici, prend la peine d'écouter mes nouveaux souvenirs, ils peineront à me croire maintenant. Ce serait dangereux et imprudent d'aller sur Larew pour toutes nous désactiver. Maintenant que Daven me déteste, il demandera sûrement mon bannissement. Personne ici ne prendra plus le risque de se rendre sur une planète ennemie pour cela !

— Daven !

Je crie, même si je sais qu'il n'est pas là et que personne ne peut m'entendre à travers les murs épais du donjon.

— Je t'en prie, je suis désolée, et je peux tout remettre en ordre !

J'entends le bip d'une serrure qui s'active puis la porte s'ouvre brusquement. Je saute du lit en espérant assez bêtement qu'il s'agira de Daven. Aurais-je réussi à le réclamer d'une manière ou d'une autre grâce à mes supplications dévouées ?

Mais il ne s'agit pas de Daven.

Il me faut un moment pour réaliser que l'être qui se tient là est en réalité la véritable réponse à mes prières.

C'est mieux que Daven, non ce n'est pas vrai. Rien ne serait mieux que Daven, mais elle pourrait être ma meilleure alliée pour restaurer la confiance entre Daven et moi.

C'est Mirelle, la seule pilote humaine que je connaisse.

Je me précipite vers elle et l'embrasse comme si nous étions des amies de toujours. Je m'attends plutôt à ce qu'elle me repousse, mais elle ne le fait pas. Elle accepte mon étreinte quelques instants avant de se dégager doucement.

— Mirelle ! J'ai besoin de toi, dis-je dans un souffle.

— C'est aussi ce que je me suis dit, répond-elle.

Lorsqu'elle aperçoit mon expression pleine de surprise, elle m'explique :

— Tu as mentionné quelque chose quand nous nous sommes rencontrées.

— Oui ! Oui, je l'ai fait. J'ai besoin de ton aide. Mes amies et moi avons été modifiées par une chirurgie. On nous a implanté des puces dans le cerveau. La seule façon de les désactiver est de se rendre au centre de contrôle sur Larew. Le laboratoire où j'ai travaillé. J'étais technicienne dans ce laboratoire. J'ai assisté les scientifiques qui travaillaient sur cette technologie. Je sais comment désactiver les puces.

Mireille plisse les yeux.

— Si tu savais comment désactiver les puces, pourquoi ne l'as-tu pas fait avant ?

— Ils nous auraient tous tuées ! Je n'ai jamais été laissée seule ou sans surveillance. Et je n'avais aucune confiance en moi. Comment aurais-je pu faire une chose pareille ?

Je secoue la tête.

— À l'époque, je n'étais pas prête à faire une telle chose.

— Alors qu'est-ce qui te fait penser que tu peux le faire maintenant ?

Mirelle croise les bras et me jauge d'un regard réfléchi.

J'ai le ventre noué et une goutte de sueur froide pointe entre mes seins.

— Je ne sais pas. Mais je dois essayer, dis-je, la voix rauque. Il n'y a pas d'autre choix. Je dois essayer de sauver mes amies et assurer la sécurité de Zandia.

— Comment pourrais-tu faire ça ? demande Mirelle en me regardant dans les yeux. Tu n'es pas une guerrière ou une experte en technologie. Comment vas-tu désactiver l'ensemble du système ?

— Il me faut juste entrer dans le laboratoire principal et accéder au panneau de contrôle. Je sais exactement sur quels boutons appuyer sur l'activateur à distance, et dans le bon ordre. Je peux engendrer un effacement complet du programme. Je veux dire, je sais qu'ils sont en mesure de le refaire. Mais au moins, nous, les humaines que vous avez sauvées, ne serons plus souillées ou dangereuses pour vous, ou pour nous-mêmes.

Mirelle me regarde.

— Je sais que je peux le faire, lui assuré-je d'une voix plus ferme. Je peux le prouver. Laisse-moi te montrer.

Je pointe sa tablette holographique avec des doigts tremblants.

— Je peux dessiner les plans de la planète et des bâtiments, dis-je, certaine d'avoir tout mémorisé.

Mon cerveau cherche intensément alors que je me force à me souvenir avec vigueur. Je parviens désormais à lire assez habilement les choses que la puce a enregistrées pendant que j'étais à l'entraînement, et maintenant un nouveau souvenir me revient.

— Mirelle ! Je connais le code pour désactiver les détecteurs de mouvement à l'extérieur du laboratoire ! Et je me souviens même des codes d'accès pour les navettes entrant sur la planète.

— Je peux occulter la navette. Je n'aurai pas besoin de ça. De toute façon, ils sauraient que je suis indésirable puisque je ne serais en contact avec aucun vaisseau.

Cependant, le ton de sa voix est pensif, et pour la première fois, je pense qu'elle envisage de faire ce que je lui demande.

— Mais avoir les codes pour désactiver leurs capteurs est essentiel. Sinon, tu ne pourras jamais entrer dans le bâtiment sans te faire repérer.

Je hoche la tête, pleine d'espoir.

— Je peux le faire.

— Montre-moi ce dont tu es capable, me dit-elle en me tendant la tablette.

J'acquiesce et prends une profonde inspiration, puis commence à écrire les choses dont je me souviens sur l'emplacement de la planète, les protocoles d'entrée, l'aménagement complet du bâtiment du laboratoire et les codes secrets nécessaires pour accéder à chaque laboratoire.

— Plus je fais ça, plus mes souvenirs sont précis, dis-je dans un murmure tout en continuant à tout retranscrire.

Lorsque je termine, je lui tends la tablette.

— Qu'en penses-tu ? Tu penses pouvoir y aller sans encombre ?

Mirelle regarde fixement la tablette puis vers moi pendant un long moment. Enfin, elle hoche la tête :

— Très bien, Sia. Je vais te conduire à Larew.

* * *

Daven

. . .

Je me retrouve à frapper à la porte d'Axe après avoir passé une nuit blanche.

Comme il ne répond pas, je tape si fort que j'en viens à abîmer la surface métallique. Cette douleur me satisfait.

Je reprends de l'élan avec mon poing pour frapper à nouveau la porte quand un être attrape mon bras par-derrière.

Je me retourne en poussant un grognement et me retrouve face à Axe qui me lance un regard noir.

Il semble encore plus agité que moi.

— Il faut qu'on les sauve, grogne-t-il.

Je m'arrête et cligne des yeux.

Je m'attendais à ce qu'il me réprimande. Il m'a mis en garde maintes et maintes fois pour que je ne fasse pas confiance à ces humaines, mais j'ai quand même choisi Sia pour compagne.

Je n'ai pas écouté.

Puis mon cœur s'emballe.

— *Les sauver de quoi ?*

— Ils vont les achever. Le docteur Daneth pourrait tenter une intervention chirurgicale, ce qui pourrait les tuer ou les laisser en état de mort cérébrale. Nous ne pouvons pas laisser cela arriver.

Je pars en courant avant même que mon cerveau n'ait tout assimilé. Axe attrape mon bras et me retourne dans la direction opposée.

— Ils sont tous dans la salle de crise en train d'en discuter avec le roi.

J'opte pour la direction qu'il m'impose, et nous courons tous les deux vers le bâtiment qui se profile au loin, celui qu'admirait Sia il y a tant de rotations de planète.

— Ils nous attendent. Tu n'as pas reçu la convocation parce que tu ne portes pas ton bracelet de communication.

Il a raison. Je l'ai oublié à mon domicile. C'est déjà un miracle que j'ai réussi à enfiler mes vêtements et mes bottes.

Axe et moi ignorons les sentinelles alors que nous entrons dans la salle de réunion. Il fait froid à l'intérieur, les murs épais dégagent une fraîcheur même si le soleil du matin est chaud.

Ou peut-être que le froid me picote la peau tant j'ai peur pour Sia.

Le roi Zander ne réagit pas lorsque nous nous inclinons tous les deux devant lui avant de nous asseoir.

Seke s'éclaircit la voix et le groupe se tait.

— Maintenant qu'Axe et Daven sont arrivés, nous pouvons commencer. Les humaines sont isolées dans les cachots, protégées par des épaisseurs de plomb et des brouilleurs numériques au cas où les puces transmettraient des données. Le docteur Daneth va nous exposer les conclusions qu'il peut tirer pour le moment.

L'expression du docteur Daneth est impassible, comme à son habitude.

— Je n'ai pas détecté de signal, entrant ou sortant, de la tête de Katia.

— Les puces peuvent-elles être retirées ? demande le roi Zander.

— Elles sont complètement mêlées aux tissus cérébraux. Les extraire revient à tuer les patientes, explique le docteur Daneth sans aucune émotion.

J'ai envie de lui arracher la tête.

Axe a raison. Ils se concertent afin de déterminer s'il faut tuer les humaines pour se protéger des puces.

— Mon seigneur.

Lon, un ingénieur zandian, réclame la parole :

— Il me semble que nous devrions opérer immédiatement toutes les femmes secourues, examiner leur cerveau et retirer ces puces pour savoir exactement à quoi nous sommes confrontés, déclare-t-il en regardant les anciens dans la pièce afin de s'assurer de leur soutien. Je dois étudier cette technologie pour découvrir ce qu'il y a sur la puce et comment elle fonctionne. Si les Ocretions implantent des puces dans les humains, il nous faut en apprendre davantage, et enseigner nos découvertes aux plus jeunes, afin de développer de quoi les contrer et maintenir la sécurité. Je ne parle pas seulement dans l'immédiat, mais bien sûr le long terme.

Quelques hochements de tête n'engageant en rien dans un sens ou dans l'autre, mais aucun autre Zandian prend la parole. Mon cœur tambourine dans ma poitrine et mes cornes se raidissent de colère.

Lon poursuit :

— Si nous devons sacrifier une ou toutes les femelles pour en savoir plus, dit-il en haussant les épaules, pour ma part, je pense que cela en vaut la peine.

— Non !

Je rugis et je suis debout avant même d'avoir conscience que je viens de me lever.

— Nous ne sacrifions pas les humaines.

— Elles sont peut-être de mèche, dit Lon.

— C'est faux, rétorqué-je en grognant.

Soudain, cela me paraît évident.

Pour Sia, c'est évident. Elle ne travaille pas avec ses anciens maîtres pour nous trahir ou nous tromper. Elle ne faisait que protéger sa vie et celles de ses amies. Elle avait peur que les choses tournent ainsi et que notre roi ordonne leur mise à mort au nom de la sécurité et de la recherche.

Je compatis tellement au sort qui l'attend que cela me

fait l'effet d'un coup de poing dans le ventre. Ma douce humaine pourrait être disséquée telle une bête de laboratoire. Je ne peux pas permettre que cela se produise.

— C'étaient des esclaves, grogne Axe. Elles se sont tues pour sauver leur peau. Je ne doute pas que si elles avaient eu le choix, ce qui n'a pas été le cas et ne l'est toujours pas, elles auraient offert toute leur loyauté à Zandia. Je n'ai aucun doute à ce sujet.

— Moi non plus, dis-je.

— C'est peut-être le seul moyen.

Lon se lève également et s'approche de mon visage. À seulement quelques centimètres de moi, je peux sentir la chaleur de son souffle et voir la colère briller dans son regard.

— Voudriez-vous que toute notre planète soit mise à mal ? Nous devons faire le nécessaire.

— Tuer sans raison ne fait pas partie de nos habitudes !

Je suis prêt à en venir aux mains avec lui.

— Silence.

Le roi élève à peine la voix, mais l'ordre nous fige tous.

— Asseyez-vous. Cette discussion nécessite toute notre rationalité.

Lon et moi nous faisons face encore une seconde avant qu'il ne s'asseye enfin. Axe et moi faisons de même.

— Docteur Daneth, veuillez poursuivre vos recherches et tenter de sauver la vie de l'humaine, dit le roi Zander. Si elle meurt, procédez à une autopsie et à l'extraction.

Il se tourne vers Lon.

— Lon, j'ai besoin que vous déterminiez si des informations enregistrées à partir de leurs puces ont effectivement quitté la planète.

— Je ne pense pas, dit Tral, un autre ingénieur. Je suis responsable de la sécurité des communications de la base et je n'ai vu aucun signe de transmissions illégales. Pas une seule fois, pas même quand l'humaine Katia s'est trouvée mal.

Il touche son bracelet.

— Nous cherchons régulièrement à intercepter toute transmission, tout ce qui présente un intérêt, et je n'ai certainement rien *en provenance* de notre planète. Bien sûr, nous avons des communications aléatoires en abondance qui nous arrivent des vaisseaux et des civils, mais rien de sortant. Les humaines ont fait savoir qu'elles sentaient les enregistrements s'activer avec certains mots...

— Peut-être qu'il s'agit d'une nouvelle technologie qui échappe à vos systèmes.

Lon s'est relevé et s'agite.

— Peut-être devrions-nous envisager d'éliminer les humaines à risque, dit-il avant de regarder autour de lui. Je ne fais qu'exprimer ce que je sais que les autres Zandians pensent.

Je vais arracher ses bras de son corps. Je me lève en montrant les dents. Axe est sur la même longueur d'onde, et dégaine son épée.

Avant que je puisse l'atteindre, le roi Zander nous interrompt.

— C'en est assez, Lon. Quittez la concertation.

Lon nous lance un regard sombre en sortant.

Axe et moi le lui rendons.

L'unité de communication du roi Zander émet un bip et un hologramme apparaît. Il s'agit de la tête et des épaules de l'un des commandants qui officie aux cachots.

— Mon Seigneur, l'une des humaines a disparu de sa cellule, dit le commandant.

— Laquelle ? aboie le roi Zander.

— Sia. La femelle de Daven.

Ma femelle. Oui, Sia est ma femelle. Ma compagne. Comment ai-je pu la renier ? Elle n'a fait que ce qu'elle avait à faire pour rester en vie.

Je bondis sur mes pieds pour la troisième fois.

— Comment s'est-elle échappée ? demande le roi d'une voix laconique tout en m'adressant un regard accusateur.

Mon cœur bat douloureusement contre ma poitrine et je serre les poings.

— Il semble qu'une autre humaine l'ait libérée. Mirelle, la pilote.

Maître Seke lève les yeux alors qu'il vient de recevoir une communication sur son bracelet.

— Je viens d'apprendre qu'elles ont toutes les deux quitté la planète.

Chapitre Dix-Sept

S*ia*

— Tiens-toi prête pour l'hyperpropulsion, me dit Mireille avec calme alors qu'elle manipule les commandes sur le tableau de bord.

Je hoche la tête à côté d'elle, les paumes moites tant l'anxiété me ronge.

— Oui, d'accord.

Le vaisseau est étincelant et équipé des toutes dernières technologies, tout cela m'est parfaitement inconnu.

Je ressens une étrange secousse comme si tout mon corps commençait à tomber puis rattrapait son retard, mon cœur bat la chamade dans ma poitrine.

— C'est très déstabilisant pour les humains la première fois.

Mireille ne me regarde pas, ses doigts s'agitent sur le

tableau de bord et son regard reste rivé sur les hologrammes devant nous.

— Nous serons bientôt dans l'espace aérien de Larew. Est-ce que tu es prête ? demande-t-elle d'un air sérieux en se tournant vers moi. Je peux occulter le vaisseau, ils ne nous verront pas, Sia. Mais si tu entres dans ce laboratoire, tu n'en sortiras peut-être pas vivante.

Je passe les doigts sur la petite arme laser que je porte à la taille. C'était mon idée, nous en avons parlé sur le chemin pour rejoindre le vaisseau. Mireille a bien vu que j'étais sérieuse, et je pense que c'est l'une des raisons pour lesquelles elle a accepté de le faire.

— Si je peux désactiver le panneau, je le ferai. S'ils parviennent à me mettre la main dessus, je ferai le nécessaire. Je te préviendrai pour que tu puisses prendre la fuite, dis-je en déglutissant avec peine, mais en gardant ma voix stable. Je n'ai pas peur.

Je sais comment fonctionne cette arme. Elle est capable d'anéantir quelqu'un, surtout à courte distance. Je préfère ne pas y penser, mais je suis prête à me sacrifier pour les autres humains et pour Zandia.

Mirelle tend la main.

— J'ai confiance en toi, Sia. Tu peux le faire, m'assure-t-elle d'une voix apaisante.

— Je ferai de mon mieux.

Ma voix est désormais plus forte. J'ai repris confiance en moi.

— Je dois le faire. Je vous le dois à tous. Je le dois à Daven. Je le dois à tous les êtres qui peuplent Zandia.

— Tu es plus intelligente et plus forte que tu ne le penses, me dit Mirelle en se retournant vers le tableau de bord. Atterrissage imminent. Prépare-toi, s'il te plaît.

Je m'adosse à mon siège et même si le vaisseau se pose

avec une légère secousse, je ne pense à rien d'autre qu'au laboratoire.

— Je sais exactement comment entrer et comment gérer les codes d'accès, dis-je à Mireille. Il est trop tard pour qu'il y ait quelqu'un, et le garde ne reviendra pas avant le lever du soleil. J'ai une chance d'y arriver.

— Ils vont être furieux que je t'aie emmenée ici, reprend Mirelle à voix basse. Mais mon instinct me dit que c'est la bonne chose à faire, Sia. Et j'ai toujours pris les décisions les plus importantes en me fiant à mon instinct. C'est comme ça que j'ai survécu. Je pense que les guerriers comprendront. Du moins, je l'espère.

Elle me prend la main.

— Sois prudente.

Je réponds d'un hochement de tête.

— Toi aussi. Pars immédiatement s'ils me capturent.

Mireille acquiesce puis scanne les alentours grâce à un outil de vidéo à distance. Nous avons atterri derrière le bosquet d'arbres en face du laboratoire. La planète Larew est massivement déserte ; les Ocretions l'utilisent désormais pour mener leurs expériences, et il n'y a plus d'habitants, si ce n'est la colonie d'ouvriers et leurs dirigeants.

— C'est le meilleur endroit, lui dis-je. D'ici, il est facile d'accéder au laboratoire et nous ne sommes pas à proximité du cratère de lave.

Mirelle fronce le nez.

— Pourquoi y a-t-il de la lave sur cette planète ?

— Ce n'est pas vraiment de la lave. C'est un trou béant dans le sol qui est rempli d'immondices brûlantes. Ils s'en servent comme incinérateur d'ordures et pour effrayer les esclaves. Ils menacent de nous y jeter si nous nous comportons mal. Ils l'ont déjà fait d'ailleurs.

J'essaie de refouler les horribles souvenirs.

— Mais c'est derrière le bâtiment de l'autre côté, et de toute façon, la lave est dans la fosse en ciment.

Mirelle jette un œil à ses écrans de contrôle.

— Tu avais raison. C'est calme et il n'y a aucun être aux alentours. Je viens d'utiliser le code que tu m'as donné pour désactiver à distance leurs détecteurs de mouvement. Mais fais vite.

Mirelle me serre le bras.

Elle déverrouille la porte du vaisseau pour que je puisse descendre, et l'instant d'après je pose le pied dans l'herbe.

Je commence immédiatement à marcher et, en me retournant, constate que je ne vois pas du tout le vaisseau. L'occultation est impeccable ! Je mets de côté mon inquiétude de ne pas parvenir à la retrouver, car mon seul objectif est d'entrer dans ce laboratoire et de désactiver les puces.

C'est tellement étrange de revenir ici, les souvenirs se bousculent. Les dortoirs, la cantine (absolument dégoûtante comparée à ce que nous mangeons sur Zandia), les punitions. Le laboratoire. La chirurgie. Et surtout, le panneau de contrôle principal.

Depuis que je ne vis plus ici, je suis quelqu'un d'autre. Le peu de temps passé sur Zandia, surtout en compagnie de Daven, m'a complètement changée.

Je suis convaincue que la vie peut offrir bien plus que ce que je pensais lorsque j'étais ici. J'ai goûté à quelque chose qui fait que la vie vaut la peine d'être vécue, quelque chose qui vaut la peine qu'on se batte. J'ai vu des humains occuper des postes importants, comme Mirelle. J'ai vu des humaines comblées par les familles qu'elles ont fondées avec leurs compagnons zandians. La force de ces êtres humains s'est infiltrée dans mes veines.

Sous mes pieds, je sens l'herbe douce parsemée de gouttelettes de rosée, et c'est une expérience totalement nouvelle. Je n'ai jamais eu le droit de me promener la nuit. Mis à part cela, rien ne semble avoir changé. Alors que je m'approche du bâtiment principal du laboratoire, je sens que mes chaussures ont un peu pris l'humidité et que mon cœur s'emballe. Chaque cellule de mon être veut retrouver à tout prix la sécurité du vaisseau de Mirelle et s'éloigner d'ici.

Mais je dois le faire.

Je jette un coup d'œil autour de moi et l'odeur familière du nettoyant âcre qu'ils utilisent sur le bâtiment parvient jusqu'à mes narines alors même que je suis toujours à l'extérieur. Une douce brise amène avec elle de légères senteurs provenant de la fosse de lave remplie de déchets brûlés. Cette odeur nous a toujours terrifiés, mais je fais tout mon possible pour éloigner de moi cette idée.

Il n'y a aucun être en vue. Je lève la main, hésite et tape le code pour entrer dans le laboratoire.

— 77 477 564, me dis-je à voix basse. Le code personnel de mon ancien maître.

Pendant un instant, rien ne se passe, puis je sens mes tripes se tordre alors que je me demande si les codes ont été changés. *Bien sûr qu'ils ont été changés, comment ai-je pu être aussi bête ?* Puis la porte s'ouvre sans bruit et je pénètre dans le bâtiment.

J'ai réussi. Je suis là.

De prime abord, je me recroqueville et manque de vomir. Mes genoux tremblent et je tiens à peine debout. L'odeur d'antiseptique envahit mon nez, et les souvenirs de mes opérations, la douleur, la terreur, me submergent.

Je trébuche et tombe contre un mur. *Par les étoiles*, je ne peux pas faire ça.

Je me sens à nouveau petite, et si insignifiante. J'ai peur pour ma vie.

Puis je pense à Daven. Je touche le cristal qu'il a incrusté dans mon oreille.

Je ne suis pas sans défense. Je ne suis plus une esclave ici.

J'ai une chance de vivre.

Et je me dois de la saisir. Je dois m'assurer que Katia, Flora, Alyza et Janae auront également la leur.

Je me force à me lever et à secouer mes bras, puis mes jambes, pour contrôler l'angoisse.

— *Il n'y a plus de retour en arrière possible*, dis-je en silence.

Je sais qu'il vaut mieux ne pas parler à voix haute, même si la panique est bien présente. Les détecteurs de mouvement sont désactivés, mais je ne peux pas me permettre de faire de bruit. Qui sait si un être quelconque écoute ?

— Je peux le faire.

Les lumières principales sont éteintes, mais les veilleuses sont allumées. Peu m'importe, je connais le chemin de toute façon. On m'a fait suivre ce même chemin à chaque rotation de planète pour mes opérations.

Mes pieds glissent un peu en marchant, et je fais un effort pour rester bien stable. La rosée dans l'herbe a imbibé mes chaussures plus que je ne le pensais.

J'arrive au premier couloir, j'entre le nouveau code d'accès. La porte coulissante s'ouvre comme si elle m'invitait à entrer.

Et le voilà qui apparaît à l'autre bout de la pièce : le panneau de contrôle principal. Mon objectif est en vue !

Est-ce possible que tout soit si simple ?

Je me précipite vers le panneau.

Parmi les boutons vert pâle rétroéclairés se trouve un

écran holographique bleu clignotant. Mon maître a entré le code plusieurs fois, et je m'en souviens parfaitement.

— Tape le code d'urgence, me dis-je en essayant de garder mes doigts stables. Une seule erreur déclenchera l'alarme.

Je respire profondément et entre ce code que je ne suis pas censée connaître, celui qu'aucun esclave ne devrait connaître, celui que je connais uniquement par le biais de la technologie qu'ils ont installée dans nos têtes et qui nous a permis d'enregistrer des choses pendant qu'ils travaillaient sur nous.

Un léger bip se fait entendre et l'écran s'allume.

— Protocole d'urgence activé. Êtes-vous sûr de vouloir continuer ? Continuer peut signifier la désactivation de l'ensemble du protocole du Projet Alpha.

J'appuie sur « *Oui. Continuer.* »

« *Désactivation individuelle ou Projet complet ?* » me demande le panneau.

Je sélectionne « *Projet complet* ».

Les options s'affichent sur l'hologramme devant moi : *Désactiver tous les esclaves d'Alpha Un ou Exterminer tous les esclaves d'Alpha Un.*

J'appuie immédiatement sur *Désactiver tous les esclaves d'Alpha Un.*

Un bip et un bourdonnement retentissent. Soudain, les lumières de la pièce s'allument et une alarme retentit.

Par les étoiles ! Que se passe-t-il ?

Autre chose s'affiche à l'écran, « *Confirmer la désactivation de tous les esclaves d'Alpha Un sur l'appareil à distance.* »

Quel appareil à distance ? C'est clairement une nouveauté. Je n'ai jamais vu ça auparavant !

Paniquée, je jette un coup d'œil dans la pièce. Qu'est-ce

que ce dispositif à distance et où le trouver ? Tout était censé être ici, sur ce panneau ! Ils ont tout changé.

Je ne vais pas y arriver.

J'entends des cris et des bruits de pas. Soudain, deux gardes font irruption dans la pièce.

— Halte !

Ils braquent leurs armes sur moi.

Incapable de bouger, je reste debout, le regard fixe.

— C'est une esclave !

— Comment est-elle entrée ici ?

— Attrapez-la. Emmenez-la au commandant.

Des bras puissants m'attrapent, me tordent violemment, et je hurle de douleur.

Mais avant qu'ils ne puissent m'emmener, une voix familière résonne dans la pièce.

— Laquelle est-ce ? Est-ce une Alpha disparue ?

Il s'agit de mon ancien maître.

— Relâchez-la, ordonne-t-il aux gardes. Laissez-moi voir son visage. Il faut que j'en aie le cœur net.

Il saisit mon menton de sa main verruqueuse.

— Tu as changé, dit-il en me fixant du regard. Mais c'est toi. Sia. Où étais-tu ? Qui t'a enlevée ? Nous pensions que vous étiez toutes mortes.

Je ne réponds pas.

Il reste devant moi.

— Tu es revenue et tu as réussi à atteindre le panneau ? demande-t-il à la fois surpris et agacé. Mais c'est très mal comme tu peux le voir. Parce qu'il faut aussi confirmer ici.

Il tapote un appareil à sa taille.

— J'ai pris la décision de renforcer la sécurité après la disparition du lot d'esclaves dont tu faisais partie.

Il se rapproche.

— Mais tout n'est pas perdu. En fait, c'est plutôt une

bonne chose que tu sois revenue. Tu as dû séjourner dans un endroit intéressant. Peut-être avec des Zandians ? J'ai hâte d'extraire cette puce et de découvrir ce que tu as vu et entendu.

Puis le ton de sa voix cède à la jubilation.

— Nous allons le faire immédiatement. Emmenez-la à l'infirmerie.

Tout est fini. S'ils parviennent à extraire ma puce, non seulement j'y laisse ma vie, mais j'aurais mis en péril toute la planète Zandia et tous ceux que j'aime. Je ne peux pas laisser faire ça. Je ne sais pas ce que ma puce a enregistré avant que je ne trouve le moyen de l'arrêter, et la moindre information pourrait déclencher la fureur des Ocretions et les inciter à attaquer Zandia.

Il faut que je fasse quelque chose. Je ne peux pas les laisser faire. Il faut que j'aille jusqu'au bout.

Avant qu'ils ne posent la main sur moi, je les esquive et attrape le pistolet sous ma robe puis vise le premier garde. J'appuie sur la gâchette.

Il tombe brutalement au sol, sa tête rebondit dans une giclée de sang. Je vise le second avant même d'y réfléchir. Je l'atteins aussi, mais le choc est tel que je lâche mon arme. Par les étoiles !

Mon maître rugit et saisit son arme, mais c'est un scientifique et non un garde, ses réflexes sont lents. Alors qu'il se dirige vers moi, il glisse un peu dans la traînée de sang visqueux des gardes morts.

C'est l'occasion qu'il me faut, et je n'hésite pas. Je saisis d'une main l'appareil à sa taille, me retourne et cours.

Si je parviens à retrouver Mireille, je serai en sécurité. Nous serons tous en sécurité !

Je réussis à sortir du bâtiment et glisse dangereusement

sans savoir si cela est dû à la rosée ou au sang des gardes, ou peut-être les deux.

Mais le vaisseau est trop loin, et mon maître est déjà derrière moi et hurle mon nom.

— Sia ! gronde-t-il.

Je sens un tir de laser atteindre ma peau et provoquer une brûlure sur ma joue. Il a raté son coup, mais cela ne lui arrivera pas deux fois. S'il m'atteint, il récupérera ma puce.

— Abandonne ! crie-t-il. Si tu t'arrêtes maintenant, je ne te torturerai pas avant de te tuer.

Il tire à nouveau, et cette fois-ci, il touche le côté de ma jambe. La brûlure est si fulgurante que mon cerveau entier semble se vider alors que j'essaie de rester sur mes pieds sans y parvenir.

Je hurle de douleur et de terreur, je trébuche et je tombe. Il est presque sur moi.

Je parviens à me lever et à continuer à courir, mais mes poumons brûlent et mon corps est affreusement lent. Je sens que je saigne et je sais que le choc aura raison de moi. Et il est clair que je ne pourrai jamais lui échapper. Si seulement j'avais pu garder mon arme ! Mais j'ai échoué.

J'ai besoin d'aide.

Mais personne ne me viendra en aide. Mirelle a dit qu'elle ne quitterait pas le vaisseau, et je sais que c'est une humaine de parole. Je ne voudrais pas qu'elle se mette en danger.

Je suis seule ici. Je dois prendre une décision.

L'odeur de la fosse de lave atteint mes narines, et je vois l'étrange lueur orange du feu qui projette des gouttes de lumière malsaine dans l'obscurité.

Je me précipite vers la fosse et l'appareil que je tiens dans ma main émet alors un bip.

— *Confirmer la désactivation de tous les esclaves*

d'Alpha Un, dit une voix. *Appuyez sur OUI pour désactiver tous les esclaves d'Alpha Un.*

Mais je ne peux rien faire d'autre que courir et essayer d'esquiver les tirs de laser.

— *Confirmer la désactivation de tous les esclaves d'Alpha Un*, répète l'appareil. *Si la confirmation n'est pas ordonnée d'ici cinq secondes, la commande sera rejetée.*

Par les étoiles ! Il faut que je le fasse.

L'odeur de la matière brûlée se fait plus forte, et je m'arrête en dérapant alors que je suis au bord de la fosse.

— Sia !

Mon ancien maître me suit de près.

— Donne-moi ça. Immédiatement.

Le ton de sa voix révèle une certaine panique. Pourquoi ne me tire-t-il pas dessus ?

Oh !

Je comprends. S'il le fait, je tomberai dans la fosse, emportant avec moi l'appareil... et mon cerveau. Pourtant ce sont les deux choses dont il a besoin.

— Arrêtez ! crié-je en brandissant l'appareil. Sinon je saute.

Tout semble ralentir.

C'est comme si le temps se mettait à onduler devant moi.

Mon heure est presque venue, mais j'ai pourtant l'impression d'avoir toutes les cartes en main.

C'est avec des doigts tremblants que j'appuie sur le bouton clignotant, *Désactivation de tous les esclaves d'Alpha Un.*

Je ressens une étrange sensation de ronronnement dans la tête, et puis... plus rien. Je crois que la puce a vraiment cessé de fonctionner.

Mais mon maître peut-il encore en extraire des images

et des enregistrements ? Je ne sais pas vraiment si cette désactivation efface l'ensemble des données ou si elle éteint simplement les puces.

Je ne peux pas prendre le risque.

Je regarde derrière moi puis vers la fosse.

Il n'y a qu'une seule façon d'être certaine de garder Daven en sécurité, ainsi que Mirelle et tous les êtres de Zandia.

Je respire profondément.

* * *

Daven

— Plus vite !

J'insiste sur l'urgence de la situation tandis qu'Axe guide habilement notre vaisseau occulté pour qu'il se pose doucement à côté de celui de Mirelle. L'occultation de son vaisseau ne s'applique qu'à ses ennemis, mais pas à nous. Nous étions déjà en route pour Larew lorsque nous avons reçu le signal de détresse qu'elle nous envoyait. Elle avait auparavant transmis un message expliquant où elles se rendaient ainsi que ce que Sia allait faire, et avait demandé des renforts.

J'enclenche l'unité de communication, mais avant que je puisse parler, Domm, l'un des maîtres et compagnons de Mirelle, s'exclame :

— *Bordix* Mirelle, qu'est-ce qui t'est passé par la tête ?

Lanz, un de ses autres compagnons et maîtres, et lui ont embarqué sur ce vol pour s'assurer que leur humaine était bel et bien sauve.

Notre écran holographique laisse apparaître les

contours de son vaisseau derrière un bosquet d'arbres. Quant à nos écrans de contrôle, ils indiquent le plan de la planète où l'on trouve principalement des bâtiments. Je cherche désespérément Sia, mais je ne vois aucun être aux alentours.

Mirelle s'exprime d'une voix claire et égale lors de nos échanges :

— Je me disais que je pouvais aider à sauver d'autres humains. Peut-être même Zandia. Mais Sia a des problèmes, Daven. J'étais en communication avec elle pendant un moment, mais son récepteur a dû tomber. Elle était poursuivie et ils lui ont peut-être mis la main dessus. Il faut que je t'avoue... dit-elle d'une voix vacillante.

Mon cœur bat douloureusement dans ma poitrine.

— Elle compte se sacrifier s'il le faut.

— Non !

Ce mot me déchire la gorge.

— Je ne laisserai pas cela se produire. Axe, nous devons la retrouver.

— Je sais, dit Mirelle. Je voulais l'aider, mais je ne pouvais pas prendre le risque de quitter le vaisseau.

— *Bordix*, et pour sûr que tu ne pouvais pas, murmure Lanz qui se dirige déjà vers le vaisseau de Mireille en trottinant, avec Domm qui lui emboite le pas.

Axe et moi prenons nos armes et sortons du vaisseau à toute vitesse. Je ne connais pas bien cette planète, mais en nous approchant des bâtiments, j'entends des voix.

Mirelle reste en communication avec nous :

— J'ai désactivé tous les capteurs et les caméras grâce aux codes dont Sia s'est souvenue, et je peux vous guider. Partez à gauche, puis tournez à droite, faites une vingtaine de pas jusqu'au bâtiment gris et bas. Je pense qu'ils sont derrière. Faites vite.

Nous nous précipitons, mais une fois arrivés à l'endroit indiqué par Mireille, nous ralentissons le pas et jetons un œil, dissimulés à l'angle du bâtiment qui semble être un dortoir.

Là-bas, pas si loin de nous, danse une lueur où se mélange le jaune avec l'orange, et je détecte de la chaleur. Bordix, serait-ce un énorme brasier ?

Telle une vision d'épouvante, une petite silhouette se trouve juste au bord.

Sia !

Elle est pleine de sang et nettement affaiblie, et elle tient quelque chose dans sa main, un élément de leurs outils technologiques.

Un Ocretion se tient à quelques pas d'elle avec son arme braquée sur elle, mais il n'en fait pas usage. Au lieu de cela, il tente de la persuader tout en s'approchant un peu plus d'elle.

— Écoute, Sia, tu es intelligente. Donne-moi l'appareil et nous t'accorderons une promotion. Tu ne travailleras plus dans les laboratoires. Tu pourras choisir ! Ouvrière agricole, esclave du plaisir ? C'est toi qui choisis. Tu peux même amener une amie avec toi.

Les Ocretions ne sont pas réputés pour leur sympathie ou leur finesse d'esprit, et celui-ci ment clairement. Il ne parvient même pas à adopter un ton vaguement mielleux, auquel elle n'aurait pas cru de toute façon. Ma Sia est trop intelligente pour ça.

Pendant une fraction de seconde, ma première humaine me revient en mémoire, c'est elle qui m'a trahi. Mais cette fois-ci, tout est différent. Je sais que Sia n'est pas comme ça. Elle n'est pas ici pour nous trahir, nous les Zandians. Elle ne m'a pas demandé de la suivre. Quoi qu'elle fasse, elle essaie d'aider.

— Tu veux un dortoir plus grand ? Nous n'utiliserons plus la matraque sur toi, je te le promets, dit-il en tendant la main.

— Ne m'approchez pas ! ordonne fermement Sia. Sinon je le lâche, je le jure.

Elle saigne et peine à garder l'équilibre. Je suis terrifié à l'idée qu'elle bascule dans ce brasier. Elle semble si instable avec son bras tendu pour laisser pendre l'appareil du bout des doigts au-dessus du feu.

— Je suis ton maître, Sia. La loyauté que nous t'avons inculquée est sûrement toujours là. Ceci est un ordre. Rejoins-moi maintenant et donne-moi l'appareil, grogne-t-il alors qu'il est presque assez proche pour l'attraper.

Il est prêt à tout pour ce précieux objet.

— Jamais. Je ne vous laisserai jamais vous emparer de ma puce, rétorque-t-elle en le fixant du regard. Je préfère mourir.

Il se rapproche encore plus et tente de la saisir.

Elle le regarde, puis regarde le brasier, et je sais ce qu'elle va choisir. Elle va se sacrifier pour qu'il ne puisse pas s'approprier sa puce.

— Non ! hurlé-je en m'époumonant.

Surpris, ils se retournent tous les deux et je me mets en position pour tirer. J'ai un axe de visée parfait, je peux pulvériser au laser le cœur de son ancien maître, puis sa tête.

Mais ce n'est pas nécessaire. Sia tend la main et pousse violemment son ancien maître qui vacille et crie au bord de la fosse.

Elle fait preuve de bon sens en sautant en arrière alors que son corps oscille et se débat pendant un long instant, avant de basculer dans le brasier.

Les flammes redoublent d'intensité en engloutissant son corps, avant de laisser place au silence.

Je me précipite vers Sia et la prends dans mes bras. La simple sensation de son petit corps fragile contre le mien pourrait me faire tomber à genoux face à tant de soulagement.

— Sia ! Tu es saine et sauve. Tu vas bien.

J'ai du mal à y croire.

— Daven, dit-elle, émerveillée.

Je l'éloigne du bord de cet affreux précipice.

— Viens, nous devons retourner au vaisseau immédiatement.

Axe me couvre, dos à moi, l'arme prête à tirer sur de potentiels autres gardes. Tout est étrangement silencieux jusqu'à ce que j'entende des cris sourds au loin.

— *Bordix*, il faut se tirer d'ici avant qu'un autre être ne nous voie, grogne Axe.

Je soulève Sia et une impression de déjà-vu se fait sentir. C'est à peu près comme ça que tout a commencé. Sauf que cette fois, elle représente plus pour moi que je ne l'aurais jamais imaginé.

— Daven, que fais-tu ici ?

La voix de Sia tressaille, mais je ne peux pas encore répondre. Il nous faut d'abord retourner à notre vaisseau.

En peu de temps, nous nous retrouvons en sécurité à l'intérieur du vaisseau. Je communique avec Mirelle.

— Opération réussie. Départ immédiat.

— C'est bon pour moi, partez en premier, répond-elle.

Axe démarre le vaisseau et en quelques instants, nous décollons puis filons à travers les étoiles, loin de Larew. Nous laissons derrière nous un mystère qu'ils ne vont pas apprécier puisque l'ancien maître de Sia est mort et était le seul Ocretion à avoir vu des Zandians sur leur planète.

Mirelle avait désactivé à distance leurs capteurs et leurs caméras, donc il est possible, dans le meilleur des cas, qu'ils ignorent qui est entré et a détruit leur laboratoire, même s'ils auront des soupçons. Mais je suis incapable de me concentrer sur tout ça. Tout ce qui m'importe, c'est Sia.

Je berce Sia contre moi, incapable de la poser. J'applique des pansements cicatrisants sur la blessure, manifestement superficielle, qu'elle a à la jambe, puis je lui donne du liquide.

— Daven.

L'inquiétude se lit dans les plissements de son front. Elle scrute mon visage.

— Chut, petite humaine. Tu es en sécurité. Nous retournons sur Zandia. On rentre à la maison.

Elle se détend dans mes bras et appuie sa tête contre mon épaule.

— Que s'est-il passé là-bas, Sia ?

Elle cligne des yeux, puis me fait un petit sourire.

— Je l'ai fait. J'ai réussi ce pour quoi je suis venue.

— Qu'est-ce que c'était ?

J'essuie son front et retire les traces de sang et de sueur.

— Pourquoi es-tu allée sur Larew ? Tu étais esclave là-bas. Qu'est-ce que tu avais en tête ?

— J'ai pu tirer des informations de ma puce, Daven. Je me suis souvenue de tout ce qu'il fallait pour démonter le projet Alpha ! Et je l'ai fait.

Mireille m'a déjà tout expliqué, mais j'aime l'entendre de la bouche de Sia et voir ma courageuse compagne si fière.

— Comment as-tu fait, ma douce ?

— J'ai désactivé tous les esclaves du Projet Alpha, et nos puces sont totalement inactives à présent. Nous sommes en sécurité, tout comme Zandia. Nous ne vous ferons jamais de mal, jamais.

Je la serre contre ma poitrine.

— Pourquoi ne nous as-tu pas dit que tu pouvais faire ça ?

— Je ne l'ai compris que lors de cette rotation de planète. Ça m'est revenu quand j'étais dans ma cellule. Je savais que tu ne me croirais jamais, tout comme Seke ou le roi. C'était impossible après avoir autant menti pendant si longtemps.

Elle n'a pas tort. Tout ce qu'elle aurait pu déclarer une fois emprisonnée aurait suscité la plus grande méfiance. De plus, les Zandians auraient certainement sacrifié une partie ou la totalité des humains au lieu d'essayer de désactiver les puces, surtout si Marx avait eu son mot à dire sur la question.

Elle m'explique comment elle s'est souvenue de toutes les informations contenues dans la puce, comment elle a dessiné des schémas et retranscrit des codes pour Mirelle puis comment elle l'a convaincue de l'emmener sur Larew. Mirelle a approuvé son plan parce que son instinct le lui disait, et son instinct ne la trompe jamais.

Elle poursuit :

— C'est alors que la seule personne capable de m'aider est venue me rendre visite dans ma cellule. J'ai expliqué la situation à Mirelle, et elle a accepté de m'emmener sur Larew. Ne la punissez pas, s'il vous plaît. C'était mon idée. Je sais que ça paraît fou, mais j'avais un plan. Je me serais suicidée s'il y avait eu un risque qu'ils me mettent la main dessus.

Mon cœur bat la chamade et je n'arrive pas à parler. Ma douce a envisagé de se sacrifier. J'aurais pu la perdre, et pas seulement à cause des Ocretions, mais par son propre choix.

Cette pensée m'achève.

— Je me serais jetée dans ce brasier plutôt que de le

laisser s'emparer de la puce. Je ne les aurais pas laissés faire sachant qu'elle pourrait contenir des informations sur Zandia.

Bordix.

— J'ai vu ça, dis-je d'une voix un peu tremblante.

Je comprends maintenant ce que c'est qu'être transformé par une humaine, ce que c'est de ressentir des émotions, d'aimer.

— Par chance, tu n'as pas eu à le faire, parviens-je à ajouter.

Mes mots échouent à restituer l'intense sentiment d'horreur que j'ai ressenti lorsque j'ai pensé la perdre pour toujours.

— Et j'ai sa télécommande, poursuit-elle. Vos ingénieurs peuvent l'étudier pour en savoir plus sur ce qu'ils ont créé.

Elle tient toujours quelque chose dans sa main, et me le donne. Le sang et la sueur rendent l'objet glissant, alors je le prends et le donne à Axe pour qu'il s'en occupe.

— Ils ne vont pas en rester là, ils reviendront plus équipés et plus préparés, mais au moins vous savez ce qu'ils manigancent. Nous pouvons garder une longueur d'avance. Du moins, vous pouvez, dit-elle en hésitant.

Je prends son visage dans mes mains.

— Nous pouvons.

— Est-ce que je vais retourner en prison ? Ou... vais-je être bannie ?

— Non, dis-je. Cela n'arrivera pas.

Une telle promesse outrepasse totalement mon pouvoir, mais il faudra me tuer avant qu'un être quelconque ne puisse faire de mal à Sia. Si le roi Zander la bannit, je partirai aussi. Et il est certain que personne ne la disséquera.

— Daven, je suis désolée pour tout. Pour les mensonges,

pour ne pas t'avoir parlé de la puce dès le début. J'espère que tu comprends que je n'avais pas le choix. J'avais l'impression que si je te le disais, j'allais mourir. Mais j'ai fait ce qu'il fallait. J'ai désactivé toutes les puces, donc nous ne pouvons pas vous faire de mal. Même si ton roi décide de... se débarrasser de nous, dit-elle en frissonnant. Au moins, j'ai réparé mon erreur.

Je passe mes doigts sur sa joue et embrasse ses cheveux noirs.

— Tu l'as fait, douce humaine. Moi aussi, je suis désolé. Je n'aurais pas dû croire que tu nous trahirais. Je sentais que tu ne le ferais pas, mais ta révélation m'a frappé jusqu'au plus profond de moi.

Elle tend la main et touche mon visage, sa petite paume épouse la forme de ma joue.

— Cela t'est déjà arrivé, dit-elle doucement. Je le sais. Je n'ai jamais voulu te faire du mal comme ça, mais je sais que je l'ai fait. J'ai partagé avec toi tout ce que je pensais pouvoir sans mettre ma vie en danger. C'était terrible d'être à ce point sur le fil du rasoir.

Je secoue la tête.

— Je comprends pourquoi tu as caché toute la vérité. Vos vies dépendaient de votre secret. Je ne pourrais jamais te le reprocher.

Je soulève son menton et effleure doucement ses lèvres.

— Je t'aime, douce humaine. Je ne veux plus jamais te perdre.

Ses yeux se remplissent de larmes.

— Cela signifie-t-il que je suis toujours à toi ?

Je l'embrasse à nouveau, plus fort cette fois. C'est un baiser de revendication, le genre de baiser qui lui rappelle qu'elle m'appartient pleinement.

Elle répond en passant un bras mince autour de mon

cou alors qu'elle lève son autre main pour saisir une de mes cornes.

Ma verge et ma corne durcissent immédiatement.

— C'est vrai, Sia, lui dis-je en grognant légèrement. Tu es à moi. Ma compagne que je vais éduquer. Ma compagne avec qui j'aurais des petits. Ma compagne dont j'attends l'obéissance totale.

Je fais glisser ma bouche ouverte sur le côté de son cou, puis je la mordille doucement.

— Hum, laisse-t-elle entendre d'un ton réjoui.

— Et ne crois pas que ce sera sans conséquence si tu mets ta vie en danger.

Je prends soin de la menacer avec suffisamment de sous-entendus pour la faire gémir.

— Ton joli cul te fera mal pendant des jours, déclaré-je en lui saisissant le sein pour le presser. Mais je te promets que tu vas adorer chaque minute.

Chapitre Dix-Huit

S *ia*

J'ai vécu toute ma vie sur Larew, mais retourner sur Zandia me fait l'effet de rentrer à la maison, surtout en compagnie de Daven qui tient ma main dans la sienne. Il me porte ensuite dans ses bras et franchit l'entrée de notre chez-nous.

Lors de l'atterrissage, Axe s'est proposé de s'occuper de faire le rapport des derniers évènements afin que Daven puisse me ramener directement.

J'ai un chez-moi désormais, et je le partage avec Daven sur cette sublime planète peuplée d'êtres courageux et respectables, qu'ils soient Zandians ou humains.

Des larmes s'échappent de mes yeux face à tant de beauté.

Daven s'immobilise en sentant leur odeur.

— As-tu peur de ta punition, ma petite ?

Je souris et secoue la tête.

— Non, Maître. Je suis heureuse.

— Tu es heureuse alors tu pleures ? demande-t-il avec un froncement de sourcil.

J'éclate de rire.

— Oui. Je laisse aller mes émotions. Les humains pleurent parfois quand ils sont heureux.

Les plis sur son front s'atténuent et il marche à grands pas vers le tube de lavage.

— Est-ce que je te rends heureuse, ma douce ?

— Oui, Maître.

— À quel point ?

Il me pose sur mes pieds à l'extérieur du tube de lavage et tire sur ma robe pleine de sang puis retire sa tunique et son legging.

— À ce point-là.

Je passe mes bras autour de son cou pour attirer sa tête vers le bas en me mettant sur la pointe des pieds tout en dirigeant mon visage vers le sien.

Il me fait reculer dans le tube de lavage tandis que nos lèvres se rencontrent avec vigueur. La porte se referme et l'eau commence à remplir le tube de lavage, mais je n'y prête pas attention puisque Daven m'offre le baiser de ma vie. Il est passionné et féroce, tout comme son sexe érigé contre ma cage thoracique.

Il place un avant-bras sous mes fesses et me soulève pour que j'enroule mes jambes autour de sa taille, puis il m'appuie contre la paroi du tube de lavage pour faire glisser sa langue entre mes lèvres. Je gémis dans sa bouche, et encore davantage lorsque sa verge se fraye un chemin jusqu'à mon intimité.

Le fait de sentir sa peau lisse contre mes parties les plus sensibles me rend encore plus demandeuse.

— S'il te plaît, Maître, gémis-je.

— Tu en as envie ? grogne-t-il en frottant son imposant gland à l'entrée de mon sexe.

— Oui, s'il te plaît.

Il me pénètre et me fait intensément haleter de plaisir.

— Merci, Maître.

J'ai presque envie de pleurer de joie à nouveau. J'aime cette sensation, pas seulement le plaisir physique, mais tout ce que cela implique. Mon Maître s'amuse avec moi, il me revendique, et il me fera peut-être des petits.

— Tu n'as pas à me remercier, petite humaine.

Daven me plaque contre le mur et s'enfonce en moi tout en gardant ses doigts écartés sur mes fesses pour me maintenir en place.

— J'y prends plaisir. Et il est de mon devoir de te maîtriser, je le fais pour Zandia.

Je suis à bout de souffle et consumée par le plaisir. L'eau nous arrive désormais jusqu'à la taille et nous engloutit.

— Pour Zandia ? demandé-je confusément dans un souffle.

L'eau monte jusqu'à ma poitrine, puis mes épaules.

— C'est cela, répond Daven en souriant. Pour le repeuplement de notre planète.

L'eau m'arrive au menton. Alors que je lui souris, l'eau commence à entrer dans ma bouche et je scelle mes lèvres rapidement en fermant les yeux avant de me retrouver totalement sous l'eau.

Il a réellement l'intention de m'engrosser. Nous serons une famille, comme cette adorable famille que j'ai rencontrée devant le dispensaire.

La joie m'envahit à tel point que j'ai l'impression que je pourrais en mourir. Alors que le niveau de l'eau redescend rapidement sous le niveau de nos hanches, je ris, pleure, puis gesticule contre Daven tandis que je suis transportée par mon premier orgasme.

Il grogne lorsque mes muscles se contractent autour de sa verge. Au moment où l'eau s'est écoulée sous notre taille, ses coups de reins deviennent un martèlement punitif.

L'eau rend la pénétration encore plus sublime et de l'air chaud nous souffle dessus pour nous sécher. Daven rugit en se libérant.

— Oui, s'il te plaît, balbutié-je.

C'est plus que tout ce que j'aurais pu espérer vivre un jour, et je me sens absolument comblée.

— Mercin Maître. Merci.

Daven pose sa tête contre la mienne.

— Tu me donnes du plaisir, petite humaine. Tant de plaisir.

— Merci, Maître, murmuré-je à nouveau. Je suis si heureuse de t'appartenir.

— Tu es à moi. Pour toujours, Sia. Quoi qu'il arrive, je ne laisserai rien t'arriver, ni même à tes amies, me promet-il.

Bien sûr, je le comprends. Notre sort n'est pas encore scellé. Nous ne sommes que des sujets du roi sur Zandia.

Mais savoir que Daven me protégera éloigne toute peur. J'ai un maître maintenant, un compagnon. C'est tout ce qui compte pour moi.

Daven

— C'est l'heure de ta punition, ma petite.

J'ai pansé les blessures de Sia et je l'ai nourrie. Axe m'a

dit que le rapport s'était bien passé, et Katia s'est remise dès lors que les puces ont été désactivées.

Mirelle, Lanz et Domm sont revenus sains et saufs et ont participé au rapport. J'avoue que j'imagine que ces deux guerriers s'occupent également amoureusement de leur femelle en ce moment.

Comme il est plaisant de voir Sia excitée et vive, sans être particulièrement effrayée par les récents évènements. Elle me fait confiance et elle aime se soumettre à moi comme il se doit.

Je présume que c'est la raison pour laquelle les humains sont si compatibles avec les Zandians. Ce lien sexuel rend les relations si intensément satisfaisantes pour les deux espèces. Cette faiblesse a fait des humains à la fois des esclaves rêvés pour les Ocretions et de parfaits citoyens pour Zandia.

Une fois liés, ils sont d'une fidélité acharnée et d'une générosité sans limite, ce qui fait qu'ils ont toute leur place sur notre planète.

Du moins, c'est comme ça que je le vois maintenant.

Avant Sia, je n'en étais pas si sûr, surtout après avoir connu Illiana.

Mais elle m'a prouvé ce que les autres Zandians en couple avec des humaines m'ont toujours affirmé : les femelles humaines sont faites pour nous.

Je la place devant moi. Elle joint ses mains devant elle et baisse les yeux.

— Non, regarde-moi.

Je sépare ses mains pour voir son bel entrejambe.

Elle lève le menton pour me regarder dans les yeux.

— Quelle belle femme !

Je ronronne plus que je parle tout en caressant son bras de ma main pendant que l'autre glisse sur sa hanche.

Je sens son excitation presque immédiatement, un parfum capiteux qui fait épaissir et palpiter mes cornes.

— Tu vas être punie pour avoir mis ta vie en danger sur Larew.

— Oui, Maître, murmure-t-elle d'une voix douce comme du miel.

Je me lève et tire un grand repose-pieds rembourré au centre de la pièce.

— Mets-toi à califourchon dessus et allonge-toi, ordonné-je.

Elle obéit et me présente une belle et parfaite destination pour ma main. Ses fesses sont écartées au bout du repose-pieds. Ses seins se pressent contre l'extrémité opposée, de sorte que sa tête pend.

Je lui assène une fessée sur le côté du fessier.

Elle halète, mais reste immobile.

Je regarde l'empreinte laissée par ma main se révéler sur sa peau mate.

Je lui inflige le même traitement sur l'autre fesse, puis commence à lui donner la fessée sérieusement, alternant droite et gauche jusqu'à ce qu'elle halète et gémisse.

— C'est bien, murmuré-je. Tu encaisses si bien ta punition.

— Merci, Maître, gémit-elle.

Je recule pour admirer mon travail. Son fessier s'est teinté d'une lueur rose. Je suis partagé entre l'envie d'utiliser la sangle ou de me faire plaisir entre ses jolies fesses. Tout cela est bien trop tentant pour laisser passer une occasion pareille.

Je me contente de la fouetter brièvement avant de m'occuper plus profondément de son fessier.

— Serre les jambes et laisse-toi glisser en avant jusqu'à ce que tes mains touchent le sol, ordonné-je.

Je suis ravi qu'elle obéisse sans se plaindre.

Je ramasse la sangle.

— Je vais te donner dix coups, puis je vais te montrer où tu te feras prendre après avoir été vilaine.

Elle laisse entendre un son que je ne comprends pas.

J'abaisse la sangle brusquement, juste au milieu de ses fesses.

Elle couine.

Je frotte la marque puis lui donne un autre coup.

— Vas-tu encore te mettre en danger, petite humaine ?

— Non, Maître ! crie-t-elle en levant un pied.

Je lui donne encore trois coups.

— Nous sommes à mi-chemin, lui dis-je en m'arrêtant pour masser à nouveau. Tu te débrouilles très bien.

— Merci, Maître.

Elle semble faire un peu la moue, mais je trouve cela adorable.

J'assène les cinq derniers coups avec une précision lente et uniforme, en descendant jusqu'à l'endroit où la cuisse rencontre la fesse, puis en remontant jusqu'au centre de son fessier.

— C'est bien, dis-je pour la féliciter une fois la fessée finie. Maintenant, remets-toi comme tu étais avant.

Alors qu'elle s'exécute, je saisis le lubrifiant. J'en laisse couler entre ses fesses, puis masse son bouton de rose. Je procède lentement, l'incitant à se détendre en introduisant mon doigt qui la fait gémir de plaisir.

— Tu aimes quand je te prends par le cul, jolie humaine ?

— Euh...

— Hmm ?

Elle ne répond pas et je ris.

— C'est un non, mais tu ne veux pas me le dire ? Ou est-ce un mélange de oui et de non ?

— Un mélange de oui et de non, avoue-t-elle.

J'exécute des va-et-vient avec mon doigt dans son anus.

— Je vais t'apprendre à aimer ça, ma douce. Même quand c'est une punition, tu dois ressentir le plaisir.

Elle gémit.

Je retire mon doigt et retire mon legging en frottant généreusement encore davantage de lubrifiant sur ma verge.

— Tends les mains vers l'arrière et ouvre tes fesses pour moi, méchante humaine, lui dis-je.

Je n'ai jamais rien vu d'aussi beau et érotique que ma douce compagne obéissant à mes ordres. Je dois me forcer à aller lentement, à jouer entre ses jambes pour d'abord m'assurer qu'elle est mouillée et prête à me recevoir.

— Utilise tes doigts, lui dis-je en alignant mon gland dans la cambrure de son dos. Frotte cette douce petite chatte pendant que je te baise le cul.

Elle relâche ses fesses et glisse sa main sous ses hanches alors que j'applique une légère pression pour pénétrer son anus.

Un frisson de plaisir me parcourt alors que je revendique ce fessier serré. J'y vais lentement avec des coups réguliers d'avant en arrière alors qu'elle joue de ses doigts entre ses jambes.

Quand elle commence à gémir avec plus d'intensité, j'accélère en m'abandonnant à mon désir. La pièce tourne et j'ai l'impression de ressentir chaque cristal sur Zandia comme si toute cette énergie palpitait avec moi, pour moi.

— Daven, je vais jouir ! s'exclame-t-elle avec urgence.

J'ai d'abord envie de lui répondre « *Bordix ! Oui jouis pour moi !* », mais il s'agit quand même d'une punition après tout. Je vais la faire attendre.

— Non, dis-je en grognant à peine capable de parler malgré toute ma retenue.

— Tu dois tenir, ma douce petite humaine. Ce n'est pas encore le moment pour toi.

Elle crie de frustration et le son de sa voix me pousse à bout.

Mes bourses se soulèvent et tressaillent, puis je jouis en poussant un rugissement, m'enfonçant profondément dans son fessier pour la remplir de mon fluide arc-en-ciel. J'attrape ses hanches et la tire fort vers moi alors que ma verge palpite, poussant en elle aussi profondément que possible.

Une fois épuisé, je lui tape sur l'épaule.

— Serre tes fesses l'une contre l'autre, Sia. Assure-toi que chaque goutte de mon sperme reste dans ce cul polisson pendant que je me retire.

Elle gémit.

— Daven, je dois jouir.

Je tends la main en arrière et lui tape une fois sur les fesses.

— Rappelle-toi les règles. Tu jouis quand je le dis.

— Oui, Maître, murmure-t-elle.

Je la sens se contracter autour de ma verge, et *bordix*, si je ne suis pas prêt à bander une autre fois.

— Oooh, murmure-t-elle alors que je retire lentement mon sexe.

— Ça pourrait piquer un peu, la préviens-je. C'est parce que tu fais bon usage de ton cul en ce moment.

Cela ne piquera peut-être pas du tout, et si c'est le cas, cela s'estompera. Et après tout, je vais la récompenser d'avoir si bien attendu de libérer ce grand orgasme.

Elle s'agite sous moi alors que je retire ma verge petit à petit.

— Continue à me serrer, l'avertis-je.

Elle obéit, gardant les muscles de son fessier bien serrés.

Je reste à l'affût de sons ou de signes désagréables, mais elle ne laisse entendre que des bruits de plaisir.

Lorsque je suis complètement sorti de son corps, je me détends.

— *Bordix*, murmuré-je. C'est comme ça que j'aime te voir. Toute nue et allongée, avec ton joli cul rempli de mon sperme.

— Oui, Maître.

Elle se contente de cette réponse, mais je sens son excitation s'amplifier de minute en minute.

— Tu peux te laisser aller maintenant.

Je caresse sa peau.

Elle se détend et un peu de sperme arc-en-ciel coule de son joli bouton de rose.

Maintenant, c'est clair et net : je suis excité et prêt à remettre ça.

— Je vais devoir te punir de cette façon plus souvent, murmuré-je. Peut-être que la prochaine fois, je mettrai un petit jouet pour m'assurer que mon sperme y reste plus longtemps. Je pourrais te faire marcher avec jusqu'à ce que je sois prêt à m'occuper à nouveau de toi.

Je pense que cette idée lui plaît, car même si elle répond « *nooon* », elle se trémousse devant moi.

Je souris et caresse son fessier, pensant à toutes les façons dont nous pourrons nous faire plaisir à l'avenir.

— Est-ce mon tour ?

Elle se retourne et me tend la main pour m'embrasser. Ses bras s'enroulent autour de mes cornes.

— Tu peux me baiser par le cul quand tu veux si cela te fait plaisir. Mais s'il te plaît, laisse-moi jouir !

— Seulement à la limite.

Je m'effondre pour me reposer une minute, réfléchissant

à la meilleure façon de lui donner du plaisir. Ses mains sur mes cornes me déconcentrent et j'adore ça. Je ne l'empêcherai pas de le faire si elle aime ça aussi.

— Continue. Caresse-les plus fort que tu ne le ferais avec ma verge. Attrape-les avec tes poings, Sia.

L'excitation rend ma voix grave.

Elle s'exécute avec des mouvements hésitants au début. Mais une fois qu'elle trouve son rythme, je commence à gémir de plaisir, et elle les empoigne plus fort en gagnant en confiance.

— Ouais ma belle, comme ça. Continue.

Mon corps commence à vibrer de désir, encore plus qu'avant. Je n'avais jamais ressenti un plaisir semblable à celui d'avoir une humaine me toucher de manière si intime.

Je caresse sa peau douce, ses seins, puis pince un mamelon. Mon sexe durcit ainsi que mes cornes, et le double plaisir me donne presque le vertige tant j'ai envie de jouir à nouveau. J'ai l'impression d'être plus dur que je ne l'ai jamais été.

Mais je veux la récompenser pour son obéissance avant de prendre mon plaisir, alors je retire doucement ses mains, même si j'adore la sensation.

— Allonge-toi sur la couchette et écarte les jambes, ma douce. Je pense que tu vas aimer ça.

Elle obéit immédiatement.

— Daven, s'il te plaît, dit-elle d'une voix pleine de désir.

— S'il te plaît quoi ? Tu veux que je pose ma langue sur ta chatte ?

— Oui, oui, juste là... aaaah. Oh !

Elle crie alors que je passe ma langue contre son clitoris, avant de l'enfoncer dans sa délicieuse moiteur.

— Daven, *oh par les étoiles*, je vais déjà jouir.

— Pas encore. Quand je le dis, ordonné-je sans savoir si

l'un de nous peut réellement attendre encore plus longtemps.

Je la lèche lentement, passe ma langue autour de son clitoris si vite qu'il vibre presque. Quand elle gémit et se tord, j'attrape ses cuisses, je les écarte davantage pour que ma tête se rapproche le plus possible et que je puisse lui faire l'amour avec ma langue. Mes cornes sont contre sa peau et la pression de son corps qui les frotte ajoute à mon désir. C'est presque trop.

Elle est mouillée et je ne me lasse pas de sa saveur. Ma Sia, rien qu'à moi.

Je peux la faire jouir sur ma langue, mais j'ai à nouveau envie d'introduire mon sexe en elle.

— Juste quelques minutes de plus, lui donné-je ma parole, à cheval sur son corps. Regarde-moi, Sia.

Nous nous regardons dans les yeux alors que je suis sur elle. L'odeur de nos ébats se fait sentir dans l'air et j'ai l'impression de regarder à travers son âme et la mienne. C'est une alliance magique du meilleur de ce que nous sommes.

Je glisse ma verge entre ses jambes, sans détourner le regard de son visage.

— Jouis pour moi, murmuré-je. Débrouille-toi pour que ce soit le meilleur orgasme de tous.

Je commence à aller et venir, doucement, puis plus fort.

— Quand tu seras prête, lui dis-je, je jouirai aussi.

Nos corps sont luisants de sueur et de sécrétions, et bientôt ses yeux se ferment, et elle commence à laisser entendre un bruit aigu. Puis elle contracte ses parois intimes autour de ma verge et crie tout son plaisir, et c'est tout ce dont j'ai besoin pour m'envoyer à nouveau au septième ciel. Je lui assène des coups de reins sans relâche, nous jouissons tous les deux jusqu'à ce que mon bonheur m'envoie presque aux confins de l'univers.

— Douce humaine, dis-je d'une voix charmeuse une fois que j'ai terminé.

Je me lève doucement et la soulève du lit, la portant une fois de plus vers la cuve.

Elle est amorphe depuis qu'elle a joui, alors je la tiens pendant que nous nous nettoyons une deuxième fois, puis je la porte sur notre couchette.

Elle m'est si précieuse. Je n'avais jamais compris auparavant comment les Zandians pouvaient se lier si étroitement à leurs compagnes humaines, mais maintenant c'est ancré dans mon cerveau. Ce petit être est tout pour moi.

J'espère seulement qu'elle ressent la même chose.

Elle se tourne vers moi et pose sa main sur ma poitrine.

— Je t'aime, Daven, murmure-t-elle.

Ses mots me transpercent le cœur.

Aimer.

Ma compagne m'aime. C'est un concept humain, mais beaucoup ici sont parvenus à le comprendre.

Et maintenant, je réalise que moi aussi.

Cette belle femme m'a complètement changé. Je suis aussi lié à elle qu'elle l'est à moi. Elle m'a montré ce que c'est que de faire confiance à nouveau, de prendre soin de quelqu'un. Et oui, d'aimer.

Je berce le côté de son visage et l'embrasse profondément.

— Je t'aime Sia. Ma douce compagne.

Épilogue

S *ia*

Je m'allonge sur la table du docteur Daneth alors qu'un petit appareil ailé vole au-dessus et autour de mon ventre gonflé

Un hologramme de notre bébé jaillit dans les airs au-dessus de nous.

La main de Daven se serre sur la mienne.

— C'est un mâle.

Est-ce moi ou y aurait-il de l'émotion dans sa voix ?

Je pense que oui.

Daven est aussi enthousiaste que moi à l'idée d'avoir ce petit.

Nous apprenons encore à nous connaître. À chaque rotation de planète, je tombe plus profondément amoureuse de ce mâle.

Il excède toutes mes espérances. Je ne savais pas que des

mâles comme lui existaient. Mais il est là, fort et beau, protecteur, bienveillant, plein d'amour.

Ce sera un père idéal pour nos petits.

Après mon voyage à Larew, je fus appelé devant le roi pour répondre de mes crimes.

Daven m'avait alors dit d'être totalement honnête à propos de tout. C'est ce que j'ai fait et j'ai finalement senti que je n'avais rien à craindre, et j'ai conseillé à mes amies de faire de même. Après avoir rencontré chacune d'entre nous individuellement, puis avec nos maîtres assignés, le roi Zander a décrété que nous pouvions rester sur Zandia, tant que nous étions chacune la compagne d'un Zandian, et que nos compagnons avaient une totale confiance en nous.

J'étais la seule de notre groupe dans cette situation à l'époque, donc les autres ont été mis en probation, mais Daven pense qu'elles finiront toutes par être acceptées ici.

L'appareil, semblable à un insecte, continue d'encercler mon abdomen pendant que Bayla enregistre des notes vocales sur une tablette.

— Attendez, dit Daven avec un soupçon de crainte dans la voix. Qu'est-ce que c'est ?

Je regarde l'hologramme. Il a raison, notre bébé a l'air déformé.

Je m'assieds et pose mes mains sur mon ventre.

Bayla ne semble cependant pas inquiète. En fait, elle sourit.

Elle utilise le bout de ses doigts pour faire pivoter l'hologramme.

— Ça, dit-elle en agrandissant l'hologramme, c'est un deuxième bébé. Et il me semble que c'est une fille.

— Oh, *douce Terre Mère* ! m'exclamé-je. Ce sont des jumeaux ?

— Oui, rit Bayla. Il semble que vous attendiez des jumeaux.

Daven étouffe un rire et me prend dans ses bras.

— Un peu de calme, nous réprimande Bayla avec un sourire, mais Daven me fait tourner et m'embrasse partout.

— Des jumeaux ! Je n'arrive pas à y croire ! dit Daven. Deux pour le prix d'un ! Nous agrandissons notre famille deux fois plus vite. Je suis si heureux.

Je ris, m'imprégnant de sa joie, de son amour, de ses baisers, de tout ce qui fait ce moment.

Tout ce que ma vie est devenue.

C'est tellement au-delà de ce que j'imaginais possible. Parfois, je suis tellement heureuse que je pourrais souffrir de bonheur.

Merci d'avoir lu *Sauvée par le Zandian*. Si vous avez apprécié votre lecture, n'hésitez pas à laisser un avis : les avis font une grande différence pour les auteurs indépendants.

Livre gratuit de Renee Rose

Abonnez-vous à la newsletter de Renee

Abonnez-vous à la newsletter de Renee pour recevoir livre gratuit, des scènes bonus gratuites et pour être avertie de ses nouvelles parutions !

https://BookHip.com/QQAPBW

Ouvrages de Renee Rose parus en français

Maîtres Zandiens

Son Esclave Humaine

Sa Prisonnière Humaine

Le Dressage de Son Humaine

Sa Rebelle Humaine

Sa Vassale Humaine

Son Compagnon et Maître

Animal de Compagnie Zandien

Sa Possession Humaine

Les Épouses Zandiennes

La Nuit des Zandiens

Achetée par les Zandiens

Dominée par les Zandiens

Les Lumières de Zandia

Détenue par le Zandian

Revendiquée par le Zandian

Enlevée par le Zandian

Sauvée par le Zandian

Alpha Bad Boys
La Tentation de l'Alpha
Le Danger de l'Alpha
Le Trophée de l'Alpha
Le Défi de l'Alpha
L'Obsession de l'Alpha
L'Amour dans l'ascenseur (Histoire bonus de La Tentation de l'Alpha)
Le Désir de l'Alpha
La Guerre de l'Alpha
La Mission de l'Alpha
Le Fleau de l'Alpha
Le Secret de l'Alpha
La Proie de l'Alpha
Le Sang de l'Alpha
Le Soleil de l'Alpha
La Lune de l'Alpha
La Serment de l'Alpha
La Vengeance de l'Alpha
Le Feu de l'Alpha

Les Loups-Garous de Wall Street
Grand Méchant Patron: Minuit
Grand Méchant Patron: Folie Lunaire

Le Ranch des Loups
Brut
Fauve
Féral
Sauvage
Féroce

Ouvrages de Renee Rose parus en français

Impitoyable

Deux Marques
Indomptée (libre)
Temptée
Désirée
Séduite

Les Nuits de Vegas
Roi de carreau
Atout cœur
Valet de pique
As de cœur
Joker Mortel
Dame de trèfle
Cartes sur Table
Bonne Pioche

La Bratva de Chicago
Prélude
Le Directeur
Le Stratège
Possédée
L'Homme de Main
Le Hacker
Le Bookmaker
Le Nettoyeur
Le Coureur
Le Gardien

Série Made Men
Ne m'Aguiche Pas
Ne me Tente Pas

Ne m'Oblige Pas

Dompte-Moi

Son Maître Royal
Oui, Docteur
Son Maître Russe
Son Maître Marine
Soumise à leur Punition
Son Maître Pompier
Son Maître Cuistot

Alpha des montagnes

Le héros
Rebel
Le Guerrier

Série Chicago Sin

Nid de Péché
Ancré dans le Péché

À propos de Renee Rose

RENEE ROSE, AUTEURE DE BEST-SELLERS D'APRÈS USA TODAY, adore les héros alpha dominants qui ne mâchent pas leurs mots ! Elle a vendu plus d'un million d'exemplaires de romans d'amour torrides, plus ou moins coquins (surtout plus). Ses livres ont figuré dans les catégories « Happily Ever After » et « Popsugar » de USA Today. Nommée *Meilleur nouvel auteur érotique* par Eroticon USA en 2013, elle a aussi remporté le prix d'*Auteur favori de science-fiction et d'anthologie* de Spunky and Sassy, e celui de *Meilleur roman historique* de The Romance Reviews. Elle a figuré dix fois sur la liste des best-sellers de USA Today avec ses livres Bratva de Chicago, Wolf Ranch et Bad Boy Alpha et plusieurs anthologies.

Abonnez-vous à la newsletter de Renee pour recevoir des scènes bonus gratuites et pour être avertie de ses nouvelles parutions!
https://www.subscribepage.com/reneerosefr

À propos de Rebel West

Rebel West crée des romans de science-fiction futuristes qui se déroulent sur la planète Luminar. Ses habitants sont beaux et bien pourvus, avec des abdos en béton, des yeux bleu nuit et un penchant dominateur qui va vous couper le souffle.

Rebel West coécrit la série de harem inversé des Épouses Zandiennes avec Renee Rose.

Elle écrit également des romances autonomes sous le nom d'Alexis Alvarez.

9 781637 202968